Schöne Lesestunden
wünscht herzlichst

Petra Durst-Benning

Petra Durst-Benning

Das Weihnachtsdorf

Band 2
der Maierhofen-Reihe

Roman

blanvalet

Der Ort Maierhofen ist meiner Fantasie entsprungen,
etwaige Ähnlichkeiten mit anderen Orten,
aber auch Namensähnlichkeiten sind rein zufällig.

FSC www.fsc.org
MIX
Papier aus verantwortungsvollen Quellen
FSC® C014496

Verlagsgruppe Random House FSC® N001967

3. Auflage

Redaktion: Gisela Klemt
Umschlaggestaltung: © Johannes Wiebel | punchdesign,
unter Verwendung von Motiven von Shutterstock.com
(Oksana Shufrych; Andy P; Evgeny Karandaev)
Bilder Innenteil: © Elisa Hähner,
RoRezepte; www.rorezepte.com
JF · Herstellung: wag
Satz: Uhl + Massopust, Aalen
Druck und Bindung: GGP Media GmbH, Pößneck
Printed in Germany
ISBN 978-3-7341-0602-6

www.blanvalet.de

Brief an meine Leser

Liebe Leserinnen und Leser, liebe Freunde von Kräuter der Provinz,

»Macht es überhaupt noch Sinn, in Zeiten wie diesen Weihnachten zu feiern?«, habe ich mich beim Schreiben der Weihnachtsgeschichte gefragt. Terror, Kriege, Gewalt – schlechte Nachrichten, wohin man hört und schaut. Und wir dekorieren unsere Fenster mit Kerzen, stellen Nikoläuse auf und backen Plätzchen. Wir bewundern in der Kirche die kunstvoll verzierte Krippe mit dem Jesuskind.

Ganz gleich, ob wir Weihnachten im christlichen Sinne feiern oder einfach als Familienfest: Erschaffen wir uns damit nicht eine Parallelwelt, die schon lange nichts mehr mit der harschen Realität zu tun hat?

In meinen Augen ist es gut, dass wir Weihnachten feiern. Heute mehr denn je! Denn Friede und Freiheit beginnt im Kleinen. Bei uns zu Hause. In unserer Straße, in unserem Dorf, in unserer Stadt. Wie soll sich jemand für den Weltfrieden einsetzen, wenn schon seine eigene Familie zerstritten ist?

Wenn ich meine Nikoläuse aus dem Keller hole, dann

ergeht es mir wie Therese in meinem Roman: Mein Herz lacht!

Und wer mit sich im Reinen ist und sich auf Weihnachten freut, der will dies mit anderen teilen, anstatt sich abzuschotten. Es gibt so viele Möglichkeiten: sich einfach ins Auto setzen und einen Adventsstollen im nahegelegenen Seniorenheim vorbeibringen. Einen Zettel vom »Wunschbaum« im Einkaufszentrum abnehmen und einem Kind zu Weihnachten eine Freude machen. Bei der Aktion »Weihnachten im Schuhkarton« mitmachen.

Es gab schon Heilige Abende bei uns, da waren ganz unterschiedliche Gäste rund um unseren Esstisch versammelt, und das ganz spontan. Das Jahr über kommen Singles, Verwitwete und andere Alleinstehende gut zurecht, aber am Heiligen Abend tut Alleinsein weh. Das muss nicht sein. An fast jeder Tafel ist noch ein Platz frei. Feiern wir gemeinsam!

Lasst uns im Kleinen beginnen, Gutes zu tun, lasst uns gemeinsam Einsamkeit und Leid vertreiben – vielleicht ist das auch eine Botschaft, die sich hinter dem ganzen Weihnachtszauber verbirgt?

Frohe Weihnachten wünscht Ihre

Petra Durst-Benning

1. Kapitel

Anfang Dezember, Maierhofen, Württembergisches Allgäu

»Hohoho …«

Erschrocken zuckte Thereses Hand aus dem großen Pappkarton zurück.

»… ich bin der Nikolaus, komm von drauß', will ins Haus …«, dröhnte es weiter aus dem Karton.

Therese lachte leise auf. Daran, dass einer ihrer Nikoläuse sprechen konnte, hatte sie sich noch nicht gewöhnt.

Im Laufe der Jahre hatte sie eine ganze Reihe von Nikoläusen gesammelt. Der eine war sportlich und trug ein paar Ski, der nächste kam mit einem Schlitten daher, der übernächste war voll beladen mit Geschenken. Aber sprechen konnte nur einer. Der Nikolaus von Sam …

Therese strich die Schürze ihres Dirndls – ihr Markenzeichen, wenn es um Klamotten ging – glatt, dann hob sie den bärtigen Gesellen fast zärtlich aus der Kiste. Sie hatte ihn erst vor wenigen Wochen von Sam geschenkt bekommen, somit war er neu in der Runde. Aber allem Anschein nach vertrugen sich die alten und der neue ganz manierlich. Samy, wie sie ihn genannt hatte, hatte eine rote Samtweste an, die mit weißem Teddyfell verbrämt war. Seine Füße steckten in robusten Stiefeln, seine Haare waren lang wie die eines alten Hippies und wurden nur notdürftig von der Bommelmütze versteckt. Ein lustiger Geselle! Therese schmunzelte. Wo Sam ihn bloß aufgetrieben hatte?

Liebevoll ließ sie den Blick über die Fensterbank ihres Gasthauses Goldene Rose schweifen, wo – zwischen frisch geschnittenen Tannenzweigen – die Nikoläuse ihre Plätze eingenommen hatten. In den nächsten Wochen würden sie ein Auge auf das Treiben in der Gaststube haben. Würden den Duft von Gänsebraten einatmen und die Süße von Sams unnachahmlicher Schokoladencreme. Würden missfällig die Miene verziehen, wenn ein Ehemann seine Frau allzu lange anschwieg. Rede doch mit ihr!, würden sie ihn stumm auffordern. Sie würden verständnisvoll nicken, wenn auf einer Weihnachtsfeier Herr Schmidt mit Frau Maier schäkerte. So war das eben, wenn man ein Gläschen zu viel hob. Solange nicht mehr daraus wurde… Und wenn alle Gäste weg waren, würden sie sich wahrscheinlich ein Glas Bodenseewein aus den angebrochenen Flaschen genehmigen, die auf der Theke standen. Zumindest nahm Therese das an.

Sie konnte den Rauschebärten ihre rege Anteilnahme nicht verdenken, schließlich hatten sie viele Jahre ihr Dasein in einem verschlossenen Karton fristen müssen! Es war traurig, aber wahr – für eine weihnachtliche Dekoration hatte sie lange Zeit einfach keine Zeit gefunden. Oder keine Lust dazu gehabt. Lediglich einen künstlichen Tannenbaum mit integrierter bunter Lichterkette und hässlichen Plastikkugeln hatte sie aufgestellt.

Letztes Jahr jedoch, nachdem sie ihre schwere Krebserkrankung überstanden hatte, hatte sie sich an ihre Nikoläuse erinnert. Mit schlechtem Gewissen hatte sie einen nach dem andern aus dem Karton geholt, hatte sich für die Vernachlässigung entschuldigt. »Jahrelang habe ich mich nicht um euch gekümmert. Und um mich auch nicht. Aber das hat jetzt ein Ende! Ab jetzt wird wieder gelebt, versprochen«, hatte sie den Bärtigen zugeraunt. Alle hatten ihr verziehen, und so hatte auch sie sich verzeihen können.

Danke, lieber Gott, murmelte sie stumm, und ein Gefühl von Wärme durchströmte ihr Innerstes. Sie musste nicht explizit sagen, wofür sie sich bedankte, das wusste der liebe Gott auch so. Es war so vieles, für das sie dankbar war. Für ihre Gesundung und dafür, dass sie sich endlich wieder an den kleinen Dingen des Lebens erfreuen konnte. Dass sie endlich wieder gut zu sich selbst war. Lange genug war sie eine selbstausbeuterische One-Woman-Show gewesen, hatte Körper, Geist und Seele geschunden. Einen Gasthof allein zu stemmen war kein Kinderspiel! Und so hatte sie geackert wie ein Gaul. Um sich selbst, ihr Seelenleben und ihren Seelenfrieden hatte sie sich nie gekümmert, wozu auch? Bis das Schicksal ihr die Rechnung präsentierte. Krebs. K.o., in Runde zwölf. Zuerst hatte sie an einen Irrtum geglaubt. Sie und Krebs? Eine Verwechslung. Ein bedauerlicher Irrtum. Das konnte nun wirklich nicht sein!

Es konnte sein. OP, Chemotherapie und Kur waren gefolgt. Wochen, nein Monate, in denen sie nicht nur ihren Gasthof, sondern ihr geliebtes Maierhofen in den Händen anderer hatte lassen müssen. Loszulassen war ihr schwer gefallen. Mithilfe ihrer Freundinnen Christine und Magdalena, ihrer Cousine Greta und mit Sams Hilfe – ach, eigentlich hatte ganz Maierhofen mitgeholfen! – war es ihr letztendlich doch gelungen. Dass es auch ohne sie ging, war für sie eine so erstaunliche wie erfreuliche Erfahrung gewesen. In der Rehaklinik hatte sie dann gelernt, dass Pausen zum Alltag dazugehörten. »Hören Sie auf das, was Ihr Körper Ihnen sagt. Wenn er müde ist, dann teilt er Ihnen das sehr deutlich mit«, hatte die Therapeutin zu ihr gesagt. Therese hatte innerlich die Augen verdreht. Typisches Therapeutengerede! Sollte sie sich wegen jedes Zipperleins ins Bett legen? Täglich einen Mittagschlaf machen? Und dann ein Kaffeepäuschen gleich hinterher? Da konnte sie ihren Laden gleich zumachen. Was einen nicht umbrachte, machte einen nur stärker. Daran sollte man sich halten! Sonst verweichlichte man nur. Oder?

Rückblickend konnte sie gar nicht genau sagen, wann sie erkannt hatte, dass die alten, von ihr aufgestellten und so rigiden Regeln sie nicht weiterbrachten. Dass es an der Zeit war, neue Regeln zu finden. Waren es die Therapiegespräche gewesen? Die Joggingrunden im Kurpark? War es der Krebs selbst gewesen? Gleichgültig – sie lebte, war dankbar, froh und glücklich, und nur das zählte!

Heutzutage zog sie sich öfter einmal aus dem Geschehen zurück, sei es hier im Gasthof oder im Gemeindeleben selbst. Dann gönnte sie sich einen Stadtbummel, ging zum Frisör und ließ ihre rotbraunen Locken bändigen oder sie traf sich mit ihren Freundinnen auf eine Tasse Kaffee. Und sie fand wieder Gefallen an den kleinen Dingen am Wegesrand. Sie schaute mit glänzenden Augen in einen winterlich-klaren Sternenhimmel. Sie freute sich an einer heißen Tasse Kakao nach einem langen Spaziergang. Und sie nahm sich Zeit, ihr Haus schön zu gestalten, so wie jetzt mit ihren Nikoläusen. Jeder Tag war für sie nun erfüllt mit kleinen Freuden und großen Wundern.

Thereses Blick fiel durch die Butzenfenster des Gasthofes hinaus auf den Marktplatz, in deren Mitte eine riesengroße Linde stand. Im Sommer bot sie den Maierhofenern einen Schattenplatz. Im Winter jedoch stand sie stets kahl und ein wenig verloren da. Doch nicht in diesem Jahr! Dieses Jahr waren die kahlen Äste nämlich von Josef Scholz, dem der Elektroladen von Maierhofen gehörte, mit langen Lichterketten geschmückt worden, die nun, am späten Nachmittag, schon warmes Licht und ein Gefühl von Heimeligkeit verbreiteten. Die Kosten für diese weihnachtliche Dekoration waren aus der Gemeindekasse bezahlt worden. Ausnahmsweise war es Therese nicht schwergefallen, diese Ausgabe durchzusetzen, und das lag nicht nur daran, dass Josef Scholz einer der drei Gemeinderäte war, sondern an der Tatsache, dass am dritten Advent der erste Maierhofener Weihnachtsmarkt stattfinden sollte. Und jedem war klar, dass dafür ein wenig Lichterglanz vonnöten war. Wie schon das Kräuter-der-Provinz-Festival im Sommer wurde auch der Weihnachtsmarkt von Greta, Thereses Cousine, organisiert. Die Aufregung und Anspannung, aber auch die Vorfreude, wuchsen im ganzen Ort von Tag zu Tag. Wie würde er wohl aussehen, der erste Weihnachtsmarkt Maierhofens? Würden auswärtige Gäste den Weg ins Württembergische Allgäu finden? Wenn nicht, wäre das halb so schlimm, war die einhellige Meinung, feiern konnten sie auch allein! Würde ein bisschen Schnee liegen? Oder so viel, dass die Autofahrer Mühe hatten durchzukommen? Nun, man würde es nehmen, wie es kam. Gemeinsam waren sie stark.

Danke auch dafür, lieber Gott! Für Therese war es noch immer ein Wunder, wie sehr die Maierhofener zu einer Gemeinschaft geworden waren. Aus vielen Einzelgängern war eine starke Mannschaft geworden, die das verschlafene Maierhofen zu einem umtriebigen Genießerdorf umgestaltet hatte. Zusammen mit Greta Roth, einer der besten Werbefrauen Deutschlands, hatten sie es geschafft, aus dem sterbenden Dorf einen Ort mit Zukunft zu machen. Einen Ort, an dem Umzugswagen wieder Möbel und Leben auspackten. Drei Familien waren seit dem Sommer hergezogen! Und zwei junge Frauen hatten außerhalb von Maierhofen einen alten Bauernhof gekauft und mit neuem Leben erfüllt. Ob dies alles tatsächlich allein mit dem Kräuter-der-Provinz-Festival zusammenhing oder andere Gründe hatte, wusste Therese nicht. Aber eins wusste sie: Mit Maierhofen ging es aufwärts! Kein einziger Laden stand mehr leer, außer dem Genießerladen, in dem regionale Produkte aller Art verkauft wurden, hatte ein kleiner Wollladen eröffnet – sehr zur Freude von Thereses bester Freundin Christine. Nachdem die Metzgerei Scholz ihren regulären Betrieb vor ein paar Monaten aufgegeben hatte, hatte ein junger Metzger es gewagt, wieder ein

Geschäft zu eröffnen, was wiederum die meisten Maierhofener freute. Und Monika Ellwangers Gartencafé, das sie im letzten Sommer eröffnet hatte und das sie eigentlich nur in der warmen Jahreszeit hatte führen wollen, war nun sogar ganzjährig offen. »Ob du es glaubst oder nicht, aber es kommen jeden Tag Leute, um meine Waffeln zu essen«, hatte Monika erst letzte Woche zu Therese gesagt. Die Verwunderung in ihrer Stimme war unüberhörbar gewesen. »Dass du damals deine Cousine Greta zu Hilfe geholt hast, war unser aller Rettung, Therese«, hatte Monika noch hinzugefügt. Und gemeint, dass sie Therese dafür gar nicht genug danken konnten. Therese hatte nur abgewinkt. Nicht ihr gebührte der Dank, sondern Greta, die für Maierhofen so vieles aufgegeben hatte … Aber das war eine andere Geschichte.

Therese grüßte durch eines der Fenster Roswitha, die gerade eilig in Richtung Genießerladen schritt, wo sie an zwei Nachmittagen in der Woche als Verkäuferin tätig war. Wie forsch die Kartoffelbäuerin ausschritt! Und dies lag nicht am Nieselregen, sondern an dem neuen Selbstbewusstsein, das Rosi heute trug wie ein elegantes Cape.

Rosi und ihr Lebensgefährte Edy. Noch eine Erfolgsgeschichte, an die vor einem guten Jahr niemand geglaubt hätte. Manchmal war das Leben fast wie im Märchen …

Genug getrödelt! Resolut faltete Therese den leeren Karton zusammen, dann ließ sie einen letzten Blick über ihre weihnachtliche Dekoration schweifen. Die Nikoläuse, das frische Tannengrün, die aus roten Stoffresten von Christine genähten Herzchen, dazu dicke rote Stumpenkerzen auf jedem Tisch – schön sah die Gaststube aus. Die Gäste konnten kommen!

In der Küche war Sam – Koch und Küchenchef der Goldenen Rose – dabei, Suppengemüse kleinzuschneiden. Tief atmete Therese den würzigen Duft von Sellerie, Karotten, Lauch und Petersilienwurzel ein, während sie hinter Sam trat und sich an seinen Rücken schmiegte. Er drehte sich zu ihr um und gab ihr einen Kuss auf die Nase. Sie schloss die Augen und seufzte tief auf. Danke, lieber Gott.

Sie und ihr Küchenchef waren ein Paar. Eine Geschichte wie in dem Song »Tausendmal berührt«. Nach dem großen Genießerfestival im Sommer hatte plötzlich eine ganz besondere Spannung zwischen ihnen in der Luft gelegen. Zuerst hatte Therese geglaubt, dies läge noch an der Aufregung der vergangenen Tage und Wochen. Doch dann hatte sie gemerkt, dass das Prickeln in ihrer Magengegend andere Gründe hatte: heimlich getauschte Blicke, so heiß wie die Flammen, auf denen Sam seine exquisiten Speisen kochte. Hände, die sich zufällig auch dann berührten, wenn es gar nicht nötig gewesen wäre. Eine wache Aufmerksamkeit dem anderen gegenüber, die weit über ihr bisheriges sehr gutes Geschäftsverhältnis hinausging. Und dann waren da Sams Neckereien gewesen. Seine kleinen Anspielungen, seine Scherze, die Zuneigung, die sie in jeder seiner Gesten verspürt hatte.

Sam flirtete mit ihr? Anfangs hatte sie das kaum zu glauben gewagt, doch dann …

»Gut, dass du gekommen bist«, sagte Sam und riss Therese damit aus ihren Gedanken. Mit einer flinken Handbewegung verfrachtete er eine neue Ladung Wurzelgemüse in den riesigen Suppentopf. »Du hast mir immer noch nicht deinen Weihnachtswunsch verraten. Und du weißt doch, Männer und Geschenke... Wenn du dich nicht bald äußerst, wird's am Ende eine Küchenmaschine!« Er grinste.

Therese lachte auf. »Die Mühe mit einem Geschenk kannst du dir wirklich sparen, ich bin wunschlos glücklich. Aber wir könnten über Heiligabend sprechen! Hast du besondere Pläne?« Unmerklich hielt sie die Luft an. Er würde doch nicht wegfahren wollen? Sie allein lassen? Noch während sie diese Ängste in sich aufkommen spürte, ärgerte sie sich darüber. Aber sie war so viele Jahre Single gewesen, dass es ihr noch immer schwerfiel, an die große Liebe zu glauben. Auch wenn sie dicht neben ihr stand.

»Du und deine ewigen Pläne! Was für Pläne willst du denn jetzt schon wieder schmieden?«, fragte er neckend.

Therese verdrehte die Augen. »Typisch Mann! Wenn man Weihnachten keine Pläne schmiedet, wann dann?« Ernster fuhr sie fort: »Letztes Jahr waren wir eine so nette Runde, was meinst du – soll ich Greta und Vincent wieder einladen? Mein Vater wird ebenfalls kommen, wie ich ihn kenne. Und vielleicht sollten wir auch Christine dazubitten...« Ihre Miene verdüsterte sich. Die arme Christine...

Nie hätte sie gedacht, dass ihre beste Freundin die Trennung von ihrem Mann so schwer treffen würde. Christine war nur noch ein Schatten ihrer selbst. Dabei war Herbert Heinrich ein egoistischer, selbstsüchtiger Mann, der Jahrzehnte nichts anderes getan hatte, als Christine kleinzuhalten. Dass seine Frau bei der Organisation des Genießerfestivals wahrscheinlich zum ersten Mal in ihrem Leben so etwas wie Selbstbewusstsein entwickelt hatte, hatte dem Autohausbesitzer gar nicht gefallen. Verboten hatte er ihr die Mitarbeit! Und Christine hatte sich dies sogar gefallen lassen. »Ich will meine Ehe nicht aufs Spiel setzen«, hatte sie traurig zu Therese gesagt und sich aus dem Geschehen zurückgezogen, sehr zum Bedauern der anderen. Geholfen hatte es Christine nicht, denn wenige Monate später hatte ihr Mann sie wegen einer Jüngeren verlassen. Während ihre Freundinnen der Ansicht waren, dass Christine eigentlich nichts Besseres hätte passieren können, heulte Christine ihrem Ex immer noch hinterher.

»Um Christine machst du dir sicher unnötige Sorgen. Bestimmt kommen ihre Töchter über die Feiertage nach Hause«, sagte Sam. »Wenn ich ehrlich bin, wäre ich am liebsten mit dir allein. Für meinen Geschmack hatten wir das ganze Jahr über genug Trubel und Menschen um uns herum.«

Therese biss sich auf die Unterlippe. Wenn *sie* ehrlich war, erging es ihr nicht anders. Sie und Sam, ganz romantisch unterm Weihnachtsbaum… Sehnsüchtig seufzte sie auf. Dennoch sagte sie: »Und was ist mit meinem Vater…?«

Geräuschvoll setzte Sam den Deckel auf den Suppentopf. »Wenn dein Herz daran hängt, dann soll er kommen! Und Greta und Vincent, und Christine von mir aus ebenfalls. Aber den Laden machen wir dicht!« Er nickte in Richtung Gaststube.

»Versprochen«, sagte Therese eilfertig. »Wir machen Betriebsferien bis zum zehnten Januar, daran wird nicht gerüttelt. Der letzte Tag, an dem wir offen haben, ist der vierte Advent. Danach gibt es für uns nichts weiter als himmlisches Nichtstun.« Sie umarmte ihn spontan.

»Von wegen Nichtstun! Ich habe schon ein paar Ideen, was wir miteinander anstellen können …«, neckte Sam sie, und seine Lippen fanden die ihren, während der Suppentopf neben ihnen zu brodeln begann.

2. Kapitel

Mit den müden Bewegungen einer alten Frau hängte Christine ihre nasse Winterjacke an die Garderobe. Der Nieselregen war nicht heftig gewesen, aber durchdringend. Der einsame Kleiderbügel schlug anklagend gegen die Wand, so, als riefe er nach seinen Kollegen. Doch die Zeiten, in denen Jacken von jungen Mädchen, Männersakkos, Anoraks, Schals und Mützen dicht gedrängt hier hingen, waren vorbei. Die Lippen zusammenpressend, stieg Christine erst aus einem, dann aus dem anderen Winterstiefel. Jack und Joe, die beiden neunjährigen braunen Labradorrüden wedelten aufgeregt mit dem Schwanz. Nach dem Nachmittagsspaziergang bekamen sie immer ihr Abendessen, für ihren Geschmack hätte Christine sich ruhig ein wenig mit dem Ausziehen beeilen können.

Christine lächelte verhalten, als sie die erwartungsfrohen Mienen der beiden Hunde sah. Sich einmal wieder so unbeschwert freuen können …

Ihr Blick wanderte aus dem Fenster, wo alles Grau in Grau lag. Wenn es wenigstens schneien würde! Vielleicht würde sie dann in Weihnachtsstimmung kommen? Bis heute hatte sie es noch nicht geschafft, die Kiste mit den musizierenden Weihnachtsengeln aus dem Keller zu holen. Kein Zweig Tannengrün zierte ihre Wohnung, und der Backofen war bisher auch kalt geblieben. Und das, obwohl sie eigentlich ein solcher Weihnachtsjunkie war! Doch dieses Jahr war ihr irgendwie alles zu viel …

Christine wusste selbst nicht, was mit ihr los war. In früheren Jahren hatte sie es kaum erwarten können, mit den Weihnachtsvorbereitungen anzufangen. Schon Mitte November war in ihrer Küche Backbeginn gewesen, Tag für Tag hatte es nach Zimtstollen, Gewürzbrot und Vanillekipferln geduftet. Draußen, auf dem großen Holztisch auf ihrer Terrasse, hatte sie aus Tannengrün dicke Girlanden geflochten und diese dann rund um den Kamin befestigt. Auch das Geländer der Treppe, die vom Wohnbereich zu den Schlafzimmern oben führte, hatte sie mit Tannengirlanden geschmückt. Wie das duftete! »Bei dir sieht es aus wie beim Floristen«, hatte Therese sie immer aufgezogen, wenn sie auf eine Tasse Kaffee vorbeigekommen war und Christine mit Draht und Astschere, die Hände verklebt mit Baumharz, in Aktion erlebt hatte. Kopfschüttelnd und ein wenig verständnislos hatte die Freundin noch hinzugefügt: »Wozu machst du dir den ganzen Stress?«

Stress? Welcher Stress? Christine hatte nur gelacht. Ihr hatten die Weihnachtsvorbereitungen so viel Spaß gemacht! Die Kinder und Herbert sollten es schließlich schön haben. Auch als Steffi und Sybille längst aus dem Haus waren, hatte Christine viele ihrer alten Weihnachtstraditionen beibehalten. Sie hatte für Herbert einen Nikolausstiefel gefüllt, hatte Schalen mit Nüssen, Mandarinen und Keksen aufgestellt, sodass jeder, der zu Besuch kam, daraus naschen konnte. Herbert hatte es zwar nie laut gesagt, aber Christine war der festen Überzeugung, dass er ihre Anstrengungen insgeheim sehr geschätzt hatte.

Wie es die neue Frau an seiner Seite wohl mit Weihnachten hielt? Christine legte eine Hand auf ihre Brust, als könne sie so den Schmerz, der sie durchfuhr, verringern. Kümmere dich nicht um Herbert!, mahnte sie sich. Denk an Steffi und Sybille. Es ist deine Pflicht, Weihnachten für die Kinder so schön wie möglich zu machen! Vor allem dieses Jahr, wo der Papa fehlte.

Nachdem sie die Hunde gefüttert hatte, kochte sie sich eine Kanne Tee, dann holte sie den dicken Ordner mit Koch- und Backrezepten aus dem Schrank. Es war lange her, dass sie darin geblättert hatte. Für sich allein kochte sie nur einfache Speisen, für die sie kein Rezept benötigte. Aber für Steffi und Sybille wollte sie an Weihnachten etwas Besonderes machen, an nichts sollte es fehlen!

Vorspeisen, kleine Häppchen, Hauptgerichte mit und ohne Fleisch… Ein wehmütiges Lächeln huschte über Christines Gesicht angesichts der Sorgfältigkeit, mit der sie ihre Rezepte geordnet hatte. Hier, der Braten umhüllt mit Blätterteig – den hatte Herbert immer so gern gegessen. Und da, die sommerliche Pasta mit gegrilltem Gemüse – das war ein Lieblingsessen beider Töchter gewesen. Bevor sie wusste, wie ihr geschah, kullerte eine Träne auf die aufgeschlagene Seite. Die Zutaten für eine Ratatouille verwischten. Wenn sie für ihre Ehe nur auch ein gutes Rezept auf Lager gehabt hätte… Schwermut, ihr täglicher Begleiter, hüllte sie ein wie dichter Nebel. Reiß dich zusammen! Denk an dein Heiligabendmenü!, mahnte sie sich.

Mindestens drei Gänge sollten es sein. Oder vier? Am besten servierte sie Suppe und Salat vorneweg, dann war für jeden etwas dabei. Und Sybille mochte doch so gern ihre selbst gemachten Semmelknödel, wo war nur das Rezept…

Während die Hunde auf dem Teppich vor dem Kamin selig schlummerten, füllte sich Christines Notizblock mit immer mehr Menüideen. Ob Steffi noch auf dem Vegetariertrip war? Dann würde sie bei Edy, dem vegan gewordenen Metzger, etwas besorgen. Edy hatte sogar veganen Braten im Angebot, Steffi würde bestimmt Augen machen, dass es so was in Maierhofen gab! Sie, Christine, hatte zwar keine Ahnung, ob so ein Braten aus Gemüse und Weizeneiweiß schmeckte, aber für ihre Tochter würde sie das Risiko eingehen. Hauptsache, die beiden Mädchen waren zufrieden. Vielleicht sollte sie solch einen Braten einmal probekochen?

Ideen hatte sie nun genug. Zufrieden, wenigstens einen Haken auf ihrer Weihnachtsliste machen zu können, trank Christine einen Schluck lauwarmen Tee. Wann würden die Mädchen wohl kommen? Fingen die Semesterferien nicht schon Mitte Dezember an? Sybille studierte an der Hochschule für angewandte Wissenschaften München, Steffi Betriebswirtschaft in Hamburg. Am schönsten wäre es natürlich, wenn die zwei bereits zum Weihnachtsmarkt kommen würden, wo sie doch schon für das Kräuter-der-Provinz-Festival keine Zeit gehabt hatten. Aber da machte sich Christine keine Illusionen. Die jungen Leute hatten immer so viel zu tun. Wahrscheinlich jagte an der Uni eine Party die andere. Und so musste es auch sein, man war schließlich nur einmal jung. Trotzdem … für ihre Planung wäre es schon hilfreich zu wissen, wann die zwei kommen wollten. Am besten fragte sie einfach nach.

Christine griff zum Telefon, wählte Steffis eingespeicherte Nummer.

»Mama …«, erklang es kurze Zeit später verschlafen am anderen Ende. Wie konnte man um diese Zeit schlafen?, fragte sich Christine stumm.

»Na, wie geht's dir, mein Schatz? Alles in Ordnung? Hast du noch viele Klausuren zu schreiben? Gönnst du dir auch genügend Pausen dazwischen?« Wie immer, wenn sie mit einer ihrer Töchter sprach, klang ihre Stimme eine Spur zu hell, zu fröhlich, zu … bemüht.

»Mama!«, kam es leicht genervt zurück. »Alles ist in Ordnung, hör bitte auf, mich wie ein Kind zu behandeln. Als Nächstes fragst du noch, ob ich genug gegessen habe.«

Schuldbewusst schaute Christine auf den Boden. Die Frage hatte ihr wirklich auf der Zunge gelegen.

»Ich wollte mal fragen, wie es mit Weihnachten aussieht – wann habt ihr denn vor zu kommen?«, sagte sie so geschäftig wie möglich. Nur nicht zu mütterlich klingen!

»Weihnachten …« Steffi hörte sich an, als hätte Christine etwas völlig Abstruses angesprochen. Etwas, womit nicht zu rechnen gewesen wäre.

»Ich weiß, Weihnachten wird dieses Jahr für uns alle ein wenig anders als sonst«, ging Christine in die Offensive, als von Steffi noch immer nichts weiter kam. »Aber wir werden es uns auch ohne Papa gemütlich machen, das verspreche ich euch! Wir zünden den Kamin an, kochen Glühwein, und von Jessy habe ich einen ganz tollen Winterlikör bekommen, den lassen wir uns auch schmecken. Wir können lange Spaziergänge machen und danach eine heiße Schokolade trinken, die habt ihr doch als Kinder immer so gern gehabt. Und …«

»Mama? Hast du in den letzten Tagen mal mit Sybille gesprochen?«, wurde sie von Steffi unterbrochen.

Christine runzelte die Stirn. »Nein. Warum?«

»Ach, nur so …«, kam es vage zurück. »Eigentlich wollte Sybille dich anrufen …«

»Wie wäre es denn, wenn ihr schon zu unserem Weihnachtsmarkt kommt? Der ist am dritten Advent«, startete Christine einen neuen Versuch.

»Eine schöne Idee, aber ich kann dir definitiv noch nicht zusagen. Derzeit ist alles ein wenig … in der Schwebe.«

»In der Schwebe? Was liegt denn in der Schwebe, wenn es um Weihnachten geht?«, sagte Christine und konnte nichts gegen den leicht vorwurfsvollen Unterton in ihrer Stimme tun.

Prompt kam es zurück: »Genau das hasse ich an solchen Festen! Immer diese Verpflichtungen! Diese Erwartungshaltung! Am liebsten würde ich Weihnachten dieses Jahr ganz ausfallen lassen und dafür Urlaub irgendwo im Süden machen. Sonne, Karibik, Cocktails …« Steffi seufzte sehnsüchtig.

»Weihnachten unter Palmen? Das … da … kommt doch gar keine festliche Stimmung auf!« Christine war entsetzt.

»Ja glaubst du denn etwa, die kommt auf, wenn wir drei

einsam und verlassen unterm Tannenbaum sitzen?« Steffi schnaubte ins Telefon. »Ohne Papa ist Weihnachten einfach nicht mehr das, was es mal war. Und da hilft es auch nicht, wenn wir heile Familie spielen.«

Christine hatte das Gefühl, jemand habe ihr eine Ohrfeige verpasst. »Es geht doch nicht darum, heile Familie zu spielen. Ich möchte eine schöne Zeit mit euch verbringen, mehr nicht. Euch ein wenig verwöhnen! Weihnachten ist das Fest der Familie. Dass euer Vater es vorzieht, anderswo zu feiern, dafür kann ich nun wirklich nichts.«

Die lange Sprechpause, die folgte, sagte mehr als tausend Worte. Christine wusste, dass die Töchter ihr insgeheim eine Mitschuld daran gaben, dass Herbert sie verlassen hatte, auch wenn das keine von beiden je so deutlich ausgesprochen hatte. Aber eine kleine Bemerkung hier, ein versteckter Vorwurf da… Die Meinung, die immer durchklang, war die, dass sie als langweilige Hausfrau es nicht verstanden hatte, einen so erfolgreichen Geschäftsmann wie Herbert an sich zu binden. Und hätte sie nur nicht so viel Zeit für das Dorfprojekt investiert! Hätte sie stattdessen mal Herbert in den Tennisclub begleitet…

»Ich melde mich in ein paar Tagen wieder, okay? Oder… noch besser, ruf doch mal Sybille an!«, sagte Steffi und legte nach einer kurzen Verabschiedung auf.

Na prima, dachte Christine, jetzt bin ich genauso schlau wie vorher. Warum drängte Steffi eigentlich so sehr darauf, dass sie mit Sybille telefonierte? War alles in Ordnung mit ihrer älteren Tochter? Einen Moment lang überlegte sie, ob sie bei Sybille auch noch anklingeln sollte, doch dann entschied sie sich dagegen. Vielleicht war es besser, die Kinder nicht so zu bedrängen, sondern sie von selbst kommen zu lassen. Bestimmt würde Sybille sich in den nächsten Tagen melden. Es waren ja auch noch fast drei Wochen bis Weihnachten. Sie stellte das Telefon mit Nachdruck zurück in die Station.

Obwohl das Telefonat nicht ganz so verlaufen war, wie sie es sich vorgestellt hatte, fühlte sie sich danach besser als zuvor. Allein die Stimme ihrer Tochter zu hören hatte gutgetan. Den Schwung konnte sie gleich nutzen, um die Sachen für den Weihnachtsmarkt fertig zu machen!

Als Greta sie im Herbst gefragt hatte, ob sie Lust hätte, einen der Stände auf dem Weihnachtsmarkt zu übernehmen und dort ihre Kräutersalze zu verkaufen, hatte sie erst gezögert. Zu diesem Zeitpunkt hatte sie es noch nicht einmal geschafft, ihre Tätigkeit im Maierhofener Genießerladen wieder aufzunehmen. Jeder im Dorf wusste, dass sie von Herbert verlassen worden war – dieser Gedanke war ihr so unangenehm! Und die Vorstellung, dass die Kunden kommen würden, um sie mitleidig zu bedauern und die Trennung samt Herberts sämtlicher Verfehlungen mit ihr durchzuhecheln, war noch unangenehmer. Sie hatte sich lieber in ihren vier Wänden verkrochen. Und beim Spazierengehen war sie Wege gegangen, auf denen ihr ganz sicher niemand begegnete.

Es war ihre Freundin Therese gewesen, die irgendwann recht barsch zu ihr gesagt hatte: »Du kannst dich nicht ewig verstecken! Je früher du dich den Leuten stellst, desto besser.« Etwas sanfter hatte sie dann ergänzt: »Du weißt doch, wie das ist – heute treiben sie diese Sau durchs

Dorf, morgen jene. Bald ist eure Trennung Schnee von gestern.«

Christine hatte beide Vergleiche alles andere als passend gefunden, hatte aber nichts gesagt. Sie wusste, dass die Freundin recht hatte. Und so hatte sie beschlossen, Nägel mit Köpfen zu machen. Ja, sie würde an einem Stand auf dem Weihnachtsmarkt mitmachen! Und sie würde fortan gern wieder ein paar Stunden im Genießerladen als Verkäuferin tätig sein. Gleich am nächsten Tag war sie zu Greta marschiert, um ihr das mitzuteilen. Greta, die die Freiwilligendienste im Laden koordinierte, hatte sie daraufhin heftig umarmt.

Mit drei hoch aufeinandergestapelten Frischhalteboxen im Arm stieg Christine die Kellertreppe wieder nach oben. In jeder Box befand sich eine andere Salz-Kräuter-Mischung. Die Kräutersalze, die sie für einen guten Zweck an einem Gemeinschaftsstand zusammen mit Schwester Gertrud vom Kindergarten verkaufen würde, hatte sie schon im Sommer gemischt und luftdicht verpackt, sodass sich das Aroma der Kräuter gut im Salz verteilen konnte. Nun würde sie alles kräftig durchmörsern und in kleine Gläser abfüllen. Jedes der Gläser bekam ein schönes Etikett und wurde mit Bändern und Zweigen geschmückt, sodass es auch als Geschenk gekauft werden konnte.

Die Arbeit ging ihr gut von der Hand, mehr noch, es machte ihr Spaß, mit den wohlduftenden Salzen zu hantieren. Wie gern hätte sie jetzt zu jemandem gesagt: »Schau mal, sieht das nicht schön aus? Und wie es duftet…« Schöne Momente wurden noch schöner dadurch, dass man sie mit jemandem teilte. Aber es war niemand mehr da, dem sie etwas über die Schulter hinweg hätte zurufen können.

Jetzt hör auf, dich selbst zu bemitleiden!, rügte sie sich stumm, dann griff sie erneut zum Telefon, drückte die Taste drei. Nach Sibylles und Steffis Nummern war Thereses Nummer als dritte eingespeichert.

»Hallo du Liebe, ich bin voll im Stress, was gibt es denn?«, sagte Therese atemlos. Im Hintergrund waren laute Wirtshausgeräusche zu hören.

Christine schaute unwillkürlich auf die Uhr. Schon nach sechs Uhr abends! Kein guter Zeitpunkt, um Therese anzurufen, die dann alle Hände voll zu tun hatte. Wie dumm von ihr.

»Sorry, ich will dich nicht lange aufhalten. Habe nur eine Frage«, sagte sie eilig. »Wenn die Mädchen an Weihnachten kommen – kannst du uns dann an einem der Tage einen Tisch reservieren?«

»Es tut mir leid, aber wir haben geschlossen«, sagte Therese. »Der letzte Tag, an dem wir offen haben, ist der vom Weihnachtsmarkt, danach …« Die nächsten Worte gingen in einem Stimmenwirrwarr unter.

»Kein Problem!«, rief Christine ins Telefon. »Ich werde meine Kinder auch allein sattbekommen. Wäre halt schön gewesen …«

»Wir sprechen bald noch mal, okay? Ich muss jetzt wieder an die Arbeit!«, sagte Therese, dann legte sie auf.

Christine nickte stumm.

3. Kapitel

»Zwei Mal Bratvurst, ein Vesttagsbraten, fünf Mal der vegane Aufschnitt Royal…« Fast schlafwandlerisch griff Roswitha in die einzelnen Regale des inzwischen beachtlichen Warenlagers von »Edys Vurstwaren«. Mit jedem Handgriff füllte sich das vor ihr liegende Paket mehr. Es war eine Bestellung von Hunderten, Roswitha mochte gar nicht daran denken, wie viel Arbeit noch vor ihnen lag! Unter niedergeschlagenen Lidern warf sie einen Blick zu Edy hinüber, der vergnügt am Packtisch neben ihr stand. Sogleich wurde ihre Miene weicher. Edy… Für sie war es noch immer ein Wunder, dass der ehemals so schwermütige Metzger, der es nie fertiggebracht hatte, Tiere zu schlachten, nun so glücklich war.

Drei Dosen Schinkenvurst, eine abgepackte Mettvurst, und fertig war das Paket.

Wurstvaren – Roswitha fand Edys verschwenderischen Umgang mit dem Buchstaben V ein wenig kindisch, aber das würde sie ihm nie sagen. Dazu liebte sie ihn viel zu sehr. Sein Erfolg und seine gute Laune gaben ihm außerdem recht!

Wer hätte gedacht, dass es in der weiten Welt so viele

Menschen gab, die lieber Wurst- und Bratenstücke aus Weizen und Soja aßen statt aus Schwein und Rind? Nicht einmal sie, die sofort an Edys Geschäftsidee einer veganen Metzgerei geglaubt hatte! Inzwischen war sein Sortiment auf über dreißig Artikel angewachsen. Es gab verschiedene Würste als Aufschnitt und als Stückware, dreierlei Bratenstücke, dazu rein pflanzliche Frikadellen – Vrikadellen, wie Edy sie nannte –, außerdem eine fix und fertige Soße Bolognese… Ginge es nach Edy, würde er täglich neue Rezepte erfinden und testen!

»Mach mal langsam«, bat sie, Roswitha, ihn dann immer, auch wenn es ihr schwerfiel, seiner Euphorie einen Dämpfer zu verpassen. Aber sie wussten ja jetzt schon kaum, wie sie die Arbeit bewältigen sollten.

Zweimal Vurst nach Salamiart. Einmal Vesttagsbraten…

Eigentlich hatte sie vorgehabt, sich in den letzten Wochen des Jahres endlich um *ihr* Herzensprojekt, ihre im Kessel gekochten Kartoffelchips, zu kümmern. Im Frühjahr hatte sie sich den dafür benötigten Kessel gekauft – sie hatte sogar einen Kredit dafür aufgenommen – und gelernt, wie man damit Chips herstellte. Zum großen Genießerfest im Sommer hatte sie ihr neues Produkt das erste Mal vorgestellt. Noch heiß hatte sie die knusprigen Chips an ihrem Verkaufsstand in Papiertüten abgefüllt, und sie waren super angekommen! Drei Sorten stellte sie seitdem her. Chips mit Salz, welche mit Salz und Pfeffer und Chips mit Paprikapulver. Alles schön und gut, aber sie hatte so große Lust, sich neue Rezepte auszudenken! Kartoffelchips mit heimischem Thymian und einem

Hauch Rapshonig veredelt vielleicht. Kartoffelchips mit italienischer Note wollte sie auch probieren. Und die lilafarbenen Kartoffeln wollte sie einmal in dünne Scheiben hobeln und rösten – wie diese Chips wohl herauskamen?

Roswitha lächelte. Jahrelang war ihr nichts anderes übrig geblieben, als die Kartoffeln, die sie auf mehreren Hektar Land anbaute, zu Billigpreisen an Discounterketten zu vertreiben. Nun hatte sie das nicht mehr nötig. Erst gestern war wieder die Anfrage einer Ladenkette eingegangen, die Interesse hatte, »Roswithas Kartoffelchips« in ihr Programm aufzunehmen. Denen musste sie dringend antworten, dachte Roswitha, sonst suchten die sich jemand anderen. Doch dann fiel ihr Blick wieder auf die vielen Bestellungen. Sie konnte Edy unmöglich alleinlassen.

War das der Preis des Erfolgs? Arbeit und immer mehr Arbeit?

Seufzend nahm Roswitha die nächste ausgedruckte Bestellung zur Hand. Hier wollte jemand nur zwei Vesttagsbraten, das Paket war schnell gepackt. Doch bei der nächsten sah es wieder ganz anders aus: Dutzende von Einzelartikeln.

Wenn wenigstens Edys Vater hier gewesen wäre, um zu helfen. Er war ihnen in den letzten Monaten stets eine große Stütze gewesen. Doch Johannes Scholz, Metzgermeister a.D. von Maierhofen, hatte nach Jahren des Widerstands endlich den Wünschen seiner Frau Evi nachgegeben und war mit ihr auf Weltreise gegangen. Erst vor ein paar Tagen war eine Ansichtskarte aus Florida eingetroffen. Ein bunter Cocktail, im Hintergrund das Meer –

neidisch hatte Roswitha auf das karibisch anmutende Stillleben geschaut. Dort hätte es ihr jetzt auch gefallen!

Roswitha spürte, wie nicht nur die Kälte des Lagers in ihre Knochen kroch, sondern auch, wie Unmut sie durchströmte. Einmal durchatmen zu können. Einmal nicht die Verantwortung für so vieles im Nacken sitzen zu haben. Wie schön wäre das. Es musste ja kein besonderer Urlaub sein, sie wäre schon froh, wenn sie sorglos in die Stadt fahren und Weihnachtseinkäufe machen könnte.

Aber zu ihrer Arbeit auf dem Kartoffelhof und der Mithilfe in Edys Versandhandel kam auch noch die Betreuung ihrer Eltern. Die beiden waren zwar noch nicht als dement zu bezeichnen, aber als verwirrt und ein wenig hilflos allemal. Gott sei Dank organisierte Schwester Gertrud im Kindergarten dreimal die Woche einen Altennachmittag. Dorthin brachte Roswitha ihre Eltern regelmäßig, denn in diesen wenigen Stunden konnte sie endlich einmal ihrer Arbeit nachgehen, ohne dass sie ständig nach ihren Eltern schauen musste. Konnte sich mal in Ruhe die Haare waschen. Oder ein Bad nehmen, ohne dass jemand anklopfte und aufs Klo musste.

»Du, Edy … Hast du schon mal über Weihnachten nachgedacht?«, begann sie vorsichtig.

»Eigentlich nicht«, murmelte Edy, der stirnrunzelnd eine Bestellung las. »Warum?«

»Ich weiß, es ist unser erstes gemeinsames Weihnachtsfest …« Roswitha holte tief Luft. »Aber am liebsten ließe ich den ganzen Zauber ausfallen!« So, jetzt war es heraus.

Noch immer stirnrunzelnd, schaute Edy zu ihr hinüber. »Wie – ausfallen?«

»Na, ohne Baum und ohne Festtagsschmaus und ohne alles eben. Ist doch nur noch mehr Arbeit! Wo wir uns doch eh schon kaputtschuften«, erwiderte sie mit leicht trotzigem Unterton.

»Und was ist mit deinen Eltern?«

Roswitha verdrehte im Geiste die Augen. Das war wieder mal typisch. Edy waren ihre Eltern so ans Herz gewachsen, dass man glauben konnte, es wären seine eigenen! Natürlich freute sie sich, dass alle so gut miteinander auskamen, aber manchmal hatte sie echt die Nase voll davon, ihren Liebsten mit so vielem teilen zu müssen: mit der Arbeit, mit seinen Eltern, mit ihren Eltern …

»Ach Edy, stell dir doch mal vor, wir zwei ganz allein, wie schön das wäre …« Sie schmiegte sich an ihn. »Wir sind ein Paar und sind doch keins, ich habe das Gefühl, dass der Alltag uns immer mehr auffrisst, Zentimeter für Zentimeter. Bald hat das nimmersatte Monster uns völlig vereinnahmt. Das dürfen wir nicht zulassen!«

»Ich weiß«, antwortete Edy gequält. »Aber Liebes, das haben wir doch alles schon besprochen. Gleich im neuen Jahr gebe ich eine Stellenanzeige für einen Lagerarbeiter auf. Dann musst du wenigstens mir nicht mehr helfen. Solche stressigen Zeiten wie jetzt werden dann der Vergangenheit angehören.« Er machte eine weit ausholende Handbewegung, mit der er den Stapel an Bestellungen einschloss.

Roswitha nickte. Jetzt zum Jahresende ergab es wenig Sinn, eine solche Stellenanzeige aufzugeben, hatte die Dame aus der Anzeigenabteilung des Kreisblattes gemeint, als Edy sich diesbezüglich erkundigte. Zwischen all den Annoncen zu Weihnachtsaktionen, Weihnachtsmärkten und anderen Weihnachtsthemen würden die Stellenanzeigen schnell untergehen. Wer so spät im alten Jahr keine Arbeit hatte, suchte auch keine mehr, sondern würde dies ins neue Jahr verschieben.

»Dass wir das Weihnachtsgeschäft bewältigen müssen, ist mir auch klar. Und das schaffen wir auch!«, sagte Roswitha, als wolle sie sich selbst Mut zusprechen. »Aber umso wichtiger ist es doch, dass wir danach Luft holen und uns ausruhen. Wenn wir schon nicht wegfahren können, dann lass uns doch wenigstens Urlaub zu Hause machen.« Und mal wieder Zeit für Zärtlichkeiten haben, fügte sie stumm hinzu. Abends waren sie meistens so erschöpft, dass sie einschliefen, sobald ihre Köpfe die Kissen berührten. Der einzige Körperkontakt, der dabei stattfand, war der zwischen ihren kalten und Edys warmen Füßen. Sehr erotisch!

»Urlaub zu Hause? Wie soll das gehen?« Edys Blick wanderte ratlos durchs Fenster des Warenlagers hinüber zum Kartoffelhof, als wollte er sagen: Wie und wo sollen wir hier Urlaub machen?

Doch Roswitha war nicht bereit, ihren Traum so einfach aufzugeben. »Wir könnten ganze Tage im Bett verbringen, DVDs gucken, kuscheln, und wenn wir Hunger haben, machen wir uns einfach irgendeine Suppe warm. Wer braucht schon riesige Kochorgien!«

»Das wäre echt schön!«, sagte Edy aus tiefstem Herzen. »Aber was ist dann mit deinen Eltern?« Seine buschigen Augenbrauen hoben sich skeptisch.

»Die müssen sich halt mal eine Zeit lang allein vergnügen«, sagte Roswitha barsch. So ganz war ihr das alles auch noch nicht klar. »Mir ist jedenfalls schon allein der Gedanke, einen Baum besorgen und schmücken zu müssen, zuwider. Und dann die Kocherei am Heiligabend und den Feiertagen! Und die Geschenke! Ich weiß gar nicht, wann ich die besorgen soll ...« Sie schüttelte den Kopf.

»Um den Tannenbaum brauchst du dich doch nicht zu kümmern«, sagte Edy erleichtert. »Das erledigen dein Vater und ich. Und das Kochen übernehme ich auch gern. Ich helfe dir, wo es geht, versprochen!« Seine Augen glänzten voller Vorfreude. »Es ist doch unser erstes gemeinsames Fest.«

Rosi nickte. Darauf freute sie sich ja auch ...

Edy warf ihr einen aufmunternden Blick zu. »Weißt du was, Liebes? Ich mach das hier allein fertig. Du gehst jetzt rüber ins Haus, trinkst einen Kaffee und machst es dir ein bisschen gemütlich.« Er gab ihr einen Kuss auf den Mund. »Oder geh ins Dorf und mach ein paar Weihnachtseinkäufe, du musst doch nachher eh deine Eltern abholen. Es ist alles nur eine Frage der Organisation!« Schon zog er sich tatkräftig den nächsten Stapel Bestellungen heran.

Danke für das Gespräch, dachte Roswitha und zockelte deprimiert davon. Statt sich über Edys Elan zu freuen, frustrierte er sie. Immer öfter hatte sie das Gefühl, nicht mehr mit ihm mithalten zu können.

Da hatte sie nach all den Jahren Einsamkeit endlich wieder einen Partner, doch statt gemeinsam schöne Dinge zu erleben, wurstelte jeder vor sich hin! Das hatte sie sich ehrlich gesagt anders vorgestellt ...

Traurig und ratlos zugleich schloss sie die Tür zu ihrem

Elternhaus auf. Edy und sie bewohnten den oberen Stock und ihre Eltern das Erdgeschoss, in dem auch Küche und Wohnzimmer lagen. Sogleich schlug ihr ein säuerlicher Geruch entgegen. Der Müll! Hatte sie ihren Vater heute früh nicht gebeten, den randvollen Müllbeutel rauszubringen? Eilig öffnete Roswitha zwei Fenster, dann ging sie in die Küche, wo noch die Zutaten vom Frühstück auf dem Tisch standen. Hatte ihre Mutter nicht gesagt, dass sie alles wegräumen wollte? Wütend riss Roswitha den Müllbeutel aus dem Eimer unter der Spüle, als ihr Blick auf einen Haufen Wäsche fiel, der neben der Tür zur Waschküche auf dem Boden lag. Seit Jahr und Tag deponierte ihr Vater dort seine schmutzigen Sachen, ihre Mutter hatte dies jahrzehntelang stillschweigend toleriert. Als sie, Roswitha, die Wäsche übernommen hatte, hatte sie darauf bestanden, dass jedes Familienmitglied seine Schmutzwäsche in die Plastiktonne im Bad legte. Wo käme man denn hin, wenn jeder seine schmutzigen Unterhosen einfach auf den Boden warf?

Roswitha spürte, wie sich ihr Unterkiefer schmerzhaft verspannte. Von wegen »Trink einen Kaffee und lass es dir gut gehen«! Hatte Edy wirklich geglaubt, er würde ihr einen Gefallen tun, als er sie ins Haus schickte?

Es gab tausend Dinge zu tun, und wie immer blieb ihr nur die Zeit für das Nötigste. Hektisch sammelte sie die Schmutzwäsche vom Boden auf und warf sie in die Waschmaschine. Dann trug sie den Müll raus. Wieder zurück, ergriff sie ein Messer und begann, Kartoffeln und gelbe Rüben fürs Abendessen zu schälen. Sie lag damit in den letzten Zügen, als ihr Blick auf die Zeiger der alten Wanduhr fiel. Schon kurz vor fünf Uhr. Punkt fünf musste sie ihre Eltern vom Altennachmittag abholen, spätestens, sonst bekam sie Ärger mit Schwester Gertrud.

Roswitha riss den Autoschlüssel so abrupt vom Schlüsselbrett, dass es rappelte. Wieder einmal blieb alles an ihr hängen. Genau wie früher.

Sie war so in ihre düsteren Gedanken verwickelt, dass sie Edys sorgenvollen Blick nicht bemerkte, mit dem er ihrem Auto hinterhersah.

4. Kapitel

»Ob vier Liter Wein reichen? Hm, ich würde eher fünf Liter ansetzen. Ja, nimm den Calle d'oro. Der steht im Keller ganz unten rechts im Regal. Ja, genau, der trockene Merlot. Nimm am besten alle sechs Flaschen, dann sind wir auf der sicheren Seite. Ob du *was* kannst? Hm, warte mal…« Christian Lohfink, Redakteur der Zeitschrift *Meine Landliebe* in Frankfurt, hielt eine Hand über den Telefonhörer, dann wandte er sich Heidi Hutter zu.

»Kann man einen Glühwein im Kupferkessel ansetzen?«

Heidi Hutter, ebenfalls Redakteurin des Edelmagazins, zuckte mit den Schultern. Sie hatte noch nie einen Glühwein angesetzt, und einen Kupferkessel besaß sie auch nicht. Wenn, dann kaufte sie Glühwein bei Aldi und machte ihn im Wasserkocher warm.

»Nicht dass die Säure des Weins irgendwelche Partikel aus dem Kupfer herauslöst… Schatz, setz den Glühwein lieber in einer Plastikwanne an«, setzte ihr Kollege das Telefonat mit seiner Frau fort.

»Und – habt ihr mal wieder Gäste heute Abend?«, fragte Heidi Hutter mit mühsam gespieltem Interesse, als er endlich aufgelegt hatte.

Christian Lohfink strahlte. »Wir machen eine Glögg-Party im schwedischen Stil. Katharina hat schon den ganzen Garten mit Windlichtern dekoriert. Wir wollen unbedingt einen Teil des Abends draußen verbringen, das ist so urig, findest du nicht? Im Augenblick ist Kathi dabei, den Glögg anzusetzen. Im Gegensatz zum gewöhnlichen Glühwein gehören außer Zimt und Nelken auch noch Kardamom und Ingwer dazu. Wichtig ist auch, dass die Ziehdauer …«

Wie immer, wenn Lohfink ins Rezitieren verfiel, schaltete Heidi Hutter innerlich ab. Im Geist hatte sie das geplante Fest ihres Kollegen genau vor Augen: der Reihenhausgarten mit Kerzen ausgeleuchtet, auf der kleinen Terrasse eine Feuerstelle, über der in einer aufwendigen Konstruktion ein Kupferkessel baumelte, der besser in die Weite der lappländischen Taiga gepasst hätte. Katharina Lohfink, die Hausherrin, würde wie eine Figur aus einem IKEA-Werbespot im wallenden Rock mit selbst gestricktem Pullover danebenstehen und mit seligem Lächeln den Glögg in irdene Becher ausschenken. Keine Gläser! Und auch keine simplen Tassen! Irdene Becher mussten es sein. Alles andere hätte den Style so was von verfälscht.

Obwohl sie zur Weihnachtszeit noch nie bei ihrem Kollegen zu Hause gewesen war, wusste Heidi Hutter auch so ganz genau, wie es im Haus aussah: vom Dach bis in den Keller dekoriert, die Grundfläche um ein Drittel geschrumpft, ein Engel hier, ein Bäumchen da und Tannenzapfen überall. Eigentlich könnten sie ihre Weihnachtsshootings alljährlich im Hause Lohfink durchführen, statt auf der Suche nach der geeigneten Location durch die halbe Republik zu reisen, dachte Heidi Hutter und meinte es nicht einmal ironisch. Katharina und Christian wären bestimmt begeistert!

»Und du?«, fragte er.

»Was, und ich?«, antwortete sie, ohne von ihrem Bildschirm aufzuschauen. Während ihre Leser sich auf Weihnachten vorbereiteten, war sie längst mit der Osterausgabe von *Meine Landliebe* beschäftigt. Die Fotos dazu hatten sie schon im letzten Frühjahr geschossen, ein altes Landhaus am Bodensee, dessen Garten bis ans Wasser reichte, war Schauplatz des Shootings gewesen. Die Hausbesitzerin hatte wirklich alles gegeben, dachte Heidi, als sie die Fotos ein letztes Mal durchklickte, um die Endauswahl zu treffen. Osterhasen aus Bauernsilber, geschnitzt aus Holz, Hasen aus Keramik und welche aus Glas – und alles vor der Kulisse des Sees … Das würden vier sehr ansprechende Seiten im Osterheft werden.

»Was steht bei dir an Adventsfeierlichkeiten als Nächstes an?«, fragte Christian Lohfink erneut nach.

»Ich fahre nächstes Wochenende nach Maierhofen. Du weißt schon, das ist dieses Genießerdorf, über das wir schon einmal berichtet haben. Dort findet am dritten Adventssonntag ein Weihnachtsmarkt statt, laut Greta Roth von der Werbeagentur Stadt – Land – Fluss eine ziemlich urtümliche Sache. Kein Kitsch made in China, sondern alles handgemacht von Produzenten der Region. Ich dachte mir, das wäre perfekt für eine Reportage à la Weihnachten auf dem Land. Du weißt ja, das nächste Weihnachtsheft kommt bestimmt …« Sie lachte. »Und das war's dann auch schon für mich mit Weihnachten! Finito, aus und vorbei!«

In ihrem Hochglanzmagazin gab es keine gestellten Berichte. Die Weihnachtsausgabe wurde nicht – wie bei vielen anderen Blättern – im Hochsommer bei dreißig Grad Hitze erstellt. *Meine Landliebe* stand für das Wahrhafte, das Echte. Dies bedeutete zwar, dass der Bericht über den Maierhofener Weihnachtsmarkt erst in der Novemberausgabe des nächsten Jahres erscheinen würde, aber immerhin war er authentisch! Und genau das waren sie ihren Leserinnen schuldig.

»Wie – nach dem Weihnachtsmarkt ist Ende?« Christian Lohfink war fassungslos. »Keine Plätzchenparty? Kein Laternenfest? Und was ist mit dem Pre-Christmas-Champagner-Dinner von Steilmann & Co. nächste Woche?«

Heidi Hutter verzog das Gesicht. Steilmann & Co. war ein bekannter Küchenhersteller und einer ihrer wichtigsten Anzeigenkunden. Sein vorweihnachtlicher Empfang mit Champagner und Abendessen war legendär, es galt als Ritterschlag in der Branche, dort eingeladen zu sein.

»Mist, den Termin hatte ich ganz vergessen.« Vergessen wollen passte wohl eher, dachte sie bei sich. Letztes Jahr waren alle auf dem Steilmann-Empfang schon vor neun am Abend betrunken gewesen. Wenn sie sich richtig erinnerte, hatte sie Horst Steilmann, den Seniorchef, Horsti genannt. Wie peinlich. Das würde ihr dieses Jahr nicht mehr passieren!

»Aber danach ist wirklich Schluss«, sagte sie bestimmt. »Bei mir gibt es keine Weihnachtslieder, keinen Baum, kein gar nichts. Ich bin ein bekennender Weihnachtshasser!« Weihnachten war in ihren Augen etwas für Leute, die nicht erwachsen werden wollten. Die immer noch den Jahren ihrer Kindheit nachweinten. Lediglich wenn jemand Christ war und das Fest kirchlich beging – dafür hatte sie Verständnis.

»Na dann viel Spaß auf deinem Allgäuer Weihnachtsmarkt«, sagte Lohfink sarkastisch.

»Oh, damit habe ich kein Problem«, sagte sie leichtherzig. »Es ist mein Job, dort jede Christbaumkugel ins perfekte Licht zu setzen und jeden Lebkuchen gebührend zu loben. Je mehr ich ins Detail gehe, desto größer ist am Ende unsere Fotoauswahl, das weißt du selbst am besten. Aber am Heiligabend freue ich mich auf eine Ofenpizza, ein Glas Bier und einen alten Tatort.«

»Aber das kannst du doch das ganze Jahr über haben! Das ist doch nicht weihnachtlich«, rief Christian entsetzt.

»Eben deswegen«, sagte Heidi Hutter zufrieden grinsend. Sie würde sich gewiss nicht wie alle anderen vom Weihnachtsdiktat unterkriegen lassen.

5. Kapitel

»Was meinen Sie – die silberne oder die goldene Spitze?« In je einer Hand eine Tischdecke in die Höhe haltend, schaute die Kundin mit angestrengter Miene Sophie Franz an.

Woher soll ich das wissen?, dachte Sophie, während im Hintergrund zum dritten Mal an diesem Vormittag im Kaufhaus Schreck in München »Stille Nacht, heilige Nacht« dudelte.

»Es kommt darauf an, ob in Ihrer Weihnachtsdekoration Gold oder Silber dominiert«, sagte sie mit freundlicher Miene. Unauffällig trat sie von einem Bein aufs andere. Wenn ihr die rechte Wade schon so früh am Tag wehtat, dann wollte sie nicht wissen, wie es am späten Nachmittag war.

»Wissen Sie, es ist so…«, setzte die Kundin an. Ein langer Monolog folgte, in dem sie detailliert ihren Weihnachtsschmuck beschrieb.

Sophie Franz strich sich unauffällig durch ihre exakt geschnittene Kurzhaarfrisur. Täuschte sie sich, oder waren die Fransen hinter den Ohren schon wieder recht lang? Blondierung und Nachschneiden – ob sie so kurz vor

Weihnachten dafür noch einen Termin bekam? Da würden die bei Hair & Style wieder einen Affentanz veranstalten, dachte sie missmutig. Wo denen doch am liebsten war, wenn man seine Termine gleich für ein Jahr im Voraus buchte.

»Und? Was meinen Sie?« Die Kundin war am Ende ihres Monologs angelangt und schaute Sophie fordernd an.

»Ich würde die silberne Tischdecke nehmen«, sagte Sophie. Gold, Silber? Bei Kerzenschein sah doch eh alles gleich aus.

Die Kundin nickte. Dann legte sie skeptisch den Kopf schräg, befingerte mit ihrer opulent beringten rechten Hand erneut beide Tischdecken und sagte gedehnt: »Oder doch lieber die goldene ...?«

Sophie atmete tief durch, während aus den Lautsprechern des Kaufhauses die ersten Töne von »White Christmas« erklangen.

Als die Kundin endlich in Richtung Kasse abrauschte, um ihre in Bangladesch gefertigte Tischdecke für fünfzehn Euro zu bezahlen, sortierte Sophie die Weihnachtsservietten eines Rondell-Ständers neu ein. Alles war durcheinander, wie immer. Warum musste jeder erst alle Päckchen aus dem Ständer reißen und sie dann falsch zurückstecken? Nikolaus zu Nikolaus, Rentier zu Rentier – war das so schwer? Hier, die Servietten im Alpenchic mitten in die unifarben-roten gequetscht! So was ging doch nicht. Nichts als pure Missachtung für sie, die Verkäuferinnen, dachte Sophie. Wahrscheinlich würden die Kunden ihnen die Ware am liebsten vor die Füße werfen.

Warum mussten es überhaupt Hunderte von verschiedenen Serviettendekors sein?, fragte sie sich, während sie Ordnung ins Durcheinander brachte. Viele ähnelten sich so sehr, dass man schon genau hinsehen musste, um den Unterschied zu erkennen. Ein Hirsch auf rotem Hintergrund, einer auf weißem Hintergrund, ein Hirsch auf rotweißem Karo … Diese Vielfalt führte nur dazu, dass die Kunden am Ende gar nicht mehr wussten, was sie wollten, so wie die Frau mit ihrem Gold- und Silberspleen. Früher, da hatte es nur ein Drittel an Auswahl gegeben, und das war mehr als genug gewesen.

Du hörst dich schon an wie deine Mutter, unterbrach Sophie ihren Gedankengang. Sie verzog das Gesicht zu einer Grimasse. Im selben Moment tippte ihr Elvira Immerschön, Abteilungsleiterin von Tischwäsche und Design, auf die Schulter. »Frau Franz – können Sie bitte bei den Tischläufern nach dem Rechten sehen?«

»Sobald ich hier fertig bin, gern«, erwiderte Sophie spitz. Warum packte die Madame nicht selbst einmal mit an? War sich wohl zu schade dafür. Aber zweiteilen konnte sie, Sophie, sich leider immer noch nicht. Nicht sehr feinfühlig stopfte sie die letzten Servietten zurück in den Ständer.

Während sie sich auf den Weg machte, um weiteres Chaos zu beseitigen, dudelte es aus den Lautsprechern »Santa Claus is coming to town«.

Eine halbe Stunde später saß Sophie im Personalaufenthaltsraum, die Beine auf einen zweiten Stuhl gelegt. Wie gern hätte sie kurz ihre Schuhe, robuste Halbschuhe in Schwarz, ausgezogen, um sich die Füße zu massieren!

Aber solche Anfängerfehler lagen lange hinter ihr. Denn kaum Freiheit witternd, hatten Füße die Angewohnheit, binnen Minuten ums Doppelte anzuschwellen.

»Jingle Bells, Jingle Bells ...«

Sophie schloss für einen Moment die Augen und wünschte sich, auch die Ohren schließen zu können. Noch zwei Wochen dieses Gedudel... Wahrscheinlich würde sie wahnsinnig werden.

Die Weihnachtszeit war für die Verkäuferinnen immer die anstrengendste Zeit des Jahres. Aber jedes Elend geht vorüber – unter dieser Devise hatten sie und ihre Kolleginnen bisher jede Saison so gut es ging hinter sich gebracht. Einmal brachte die eine Kollegin selbst gebackene Zimtsterne mit, ein andermal spendierte die nächste einen Glühwein. Gemeinsam machte man sich über die schlimmsten Nervensägen unter den Stammkunden lustig, massierte sich den verspannten Nacken oder spendierte Pflaster für wundgelaufene Fersen. Und man bewunderte, was man sich selbst Schönes gegönnt hatte – nicht im Kaufhaus, dafür reichten ihre Gehälter bei Weitem nicht aus, sondern in einem der kleinen Chinaläden, die in allen Seitenstraßen wie Pilze aus dem Boden sprossen.

Warum fiel es ihr dieses Jahr so schwer, die hektischsten Wochen des Jahres mit Anstand hinter sich zu bringen?, fragte sich Sophie nicht zum ersten Mal. Lag es an ihrem Alter? Fünfundfünfzig war sie im Sommer geworden, kein junger Hüpfer mehr, gewiss, aber zum alten Eisen zugehörig fühlte sie sich auch noch nicht. Im Gegenteil, sie war noch mehr als ansehnlich mit ihrer knackigen Figur, für die sie täglich hungerte. Und ihre Besuche im Schönheitsinstitut um die Ecke waren hoffentlich auch nicht umsonst.

Die Antwort auf ihre Frage, woher ihre depressive Stimmung rührte, war so einfach wie schmerzhaft: Ihr ging der ganze Zauber auf die Nerven, weil dieses Jahr am Ende kein schönes Fest auf sie wartete, sondern Heiligabend allein in ihrer Zweizimmerwohnung.

Sophie lächelte traurig, wenn sie an die vergangenen Weihnachtsfeste dachte. Ausgefallene, aufwendige Feiern in tollen Villen, romantischen Landhotels in Gstaad oder in einem reetgedeckten Sylter Landhaus. Immer eine Riesenfreundesclique. Keine Geschenke im eigentlichen Sinn, aber edle Tüten aus schwerer Goldfolie mit allerlei Goodies für jeden Gast. Musik. Viel Musik! Was kein Wunder war, denn Josis Freunde waren wie er alle in der Musikbranche tätig. Champagner, der in Strömen floss. Und sie, Sophie Franz aus Maierhofen, immer mit von der Partie. Bis … ja, bis Josi mit ihr Schluss gemacht hatte.

»Es ist aus«, hatte er ihr am 24. Juli verkündet. Quasi zwischen Tür und Angel, es gab schließlich Wichtigeres zu tun im Leben eines erfolgreichen Musikproduzenten, als langwierige Beziehungsgespräche zu führen. Er habe eine andere, hatte er noch hinzugefügt. Eine Jüngere?, hatte Sophie fragen wollen und es nicht getan. Wozu auch? Eine Ältere würde er, der berühmte Musikmanager sich gewiss nicht genommen haben! Dabei war Josi längst jenseits der sechzig, auch wenn er sich ach so jugendlich gab mit seinen Sporty-Designerklamotten, seinem Cabrio und seinem Bussi-Bussi-Getue.

Sophie schnaubte. Die Trennung selbst war für sie erstaunlicherweise gar nicht so schlimm gewesen, wie sie befürchtet hatte. Im tiefsten Inneren hatte sie immer gewusst, dass er sie, die kleine Verkäuferin, irgendwann austauschen würde. In diesem Bewusstsein hatte sie die Zeit an seiner Seite umso mehr genossen. Josi selbst weinte sie keine Träne nach, sein Ego war ihr im Laufe der Beziehung immer mehr auf die Nerven gegangen. Dass jeder seine Marotten hatte, war klar, aber so viele verschiedene vereint in nur einem Mann von 1,60 Metern? Sie hatte geschwiegen und alles geschluckt. Nein, Josi und sein »Eineinhalb Teelöffel Matcha-Pulver, exakt zwei Dutzend Mal rechtsherum gerührt«-Gehabe ging ihr wirklich nicht ab. Was ihr jedoch abging war der Lifestyle, den er ihr geboten hatte. Heute ein Stehempfang, morgen eine CD-Launch-Party, übermorgen ein Get-Together von Stars und Sternchen. Und sie, immer perfekt gestylt. Nie trug sie etwas anderes als Schwarz, dazu ihre weißblonden Haare – sie sei eine dramatische Erscheinung, hatte sie mehr als einmal zu hören bekommen. Josis Spezln hatten sie gemocht! Viel Spaß hatten sie miteinander gehabt.

Umso mehr schmerzte es Sophie, dass alle sie hatten fallen lassen wie eine heiße Kartoffel. Sophie wer? In den Augen der Münchner Musik-Schickeria war sie immer nur die Frau an Josis Seite gewesen. Heute war sie ein Niemand. Und wie ein Niemand Weihnachten feierte, interessierte die anderen nicht.

Sophie trank einen letzten Schluck Kaffee, als könne sie damit die Bitterkeit, die wie Galle in ihr aufstieg, wegspülen. Die Pause war vorbei, es war Zeit, sich wieder ins Getümmel zu stürzen.

»Süßer die Glocken nie klingen …«

Es war schon nach acht, als sie endlich die Tür zu ihrer Wohnung aufschloss. Hastig legte sie die Plastiktüte mit Lebensmitteln, die sie beim Türken um die Ecke mitgenommen hatte, in ihrer kleinen Küchenecke ab, dann ließ sie sich aufs Sofa fallen. Sie saß noch nicht richtig, da hatte sie schon die Schuhe von den Füßen abgestreift. Endlich!

Eigentlich hatte sie Durst, ihr Mund war ganz trocken. Aber sie war zu erschöpft, um noch mal aufzustehen und sich ein Glas Wasser einzugießen. Müde ließ sie den Blick durch ihr Wohnzimmer schweifen. Es war ganz in Weiß gehalten, so, wie man es in edlen Einrichtungsmagazinen sah. Dass die Möbel nicht aus genauso edlen Einrichtungshäusern stammten, sondern aus dem Versandhandel im Internet, sah man auf den ersten Blick nicht. Die Kleidung ganz in Schwarz, die Wohnung in Weiß – auf die Wirkung kam es an, nicht darauf, was etwas gekostet hatte, das wusste Sophie besser als viele andere. Wäre sie nicht so geschickt, würde sie mit ihrem mageren Gehalt in einer Stadt wie München gar nicht mithalten können.

Doch heute konnte sie keinen rechten Gefallen finden an ihrem stylischen Ambiente. Typische Single-Wohnung, dachte sie abfällig. Es fehlte nur noch die Katze.

Die Vorstellung, hier allein die Weihnachtsfeiertage zu verbringen, war mehr, als sie ertragen konnte.

Doch wo sollte – wo konnte – sie hin? Freunde im eigentlichen Sinn hatte sie nicht, in der Großstadt war es nicht einfach, Freundschaften zu pflegen. Vor allem war es mit immensen Kosten verbunden! Geburtstagseinladungen, Gegeneinladungen, Grillpartys – immer wurde dabei ein hochwertiges Mitbringsel erwartet. Die Zeiten, in denen man einer Gastgeberin fünf Nelken in die Hand drücken konnte, waren längst vorbei. Aber wenn sie mit Josi unterwegs gewesen war, hatte sie sich um solche Fragen nicht kümmern müssen. Josi war auf jedem Fest mit einer Flasche Schampus – sein Markenzeichen – erschienen, von ihr war kein Extrageschenk erwartet worden.

Also gab es keine alte Freundin, zu der sie sich hätte einladen können. Sophie hakte die Idee im Geiste ab.

Ein Urlaub in den Bergen? Das würde ihr guttun! Einmal raus aus dem Alltag, sich verwöhnen lassen. Andere herumscheuchen anstelle selbst springen zu müssen. Und auch raus aus der Stadt, frische Luft einatmen statt stinkender Abgase. Schneebedeckte Berge, ein festlich geschmückter Baum, um den sich andere liebevoll gekümmert hatten. Und sie, schick angezogen, mit einem Glas Sekt daneben. Sophie hatte das Bild genau vor Augen. Doch die Zahlen auf ihrem Konto sprachen eine andere Sprache, derzeit konnte sie sich nicht mal fünf Tage in einem Hotel Garni leisten! Auf ein Hotel Garni hätte sie auch keine Lust gehabt, wenn schon, dann sollte es ländlich-rustikal sein. Alpenchic sozusagen!

Ländlich-rustikal? Bei diesem Begriff begann etwas in ihrem Hinterkopf zu rumoren. Sophie setzte sich aufrechter hin. Ihre Müdigkeit war schlagartig verflogen. Das war ja … die Idee! Warum hatte sie nicht schon viel früher daran gedacht?

Triumphierend griff sie zum Telefon. Automatisch wollte sie eine der Ziffern drücken, unter denen sie einige Nummern abgespeichert hatte, doch dann fiel ihr ein, dass die ihres Bruders Karl nicht darunter war. Grummelnd stand sie auf, ging zu ihrer Handtasche und kramte ihr altes Adressbuch hervor.

»Ja bitte?« Kein Name wurde genannt. Dafür ertönten laute Motorengeräusche und Hardrockmusik. Sophie schüttelte missfällig den Kopf. Als ob Karl immer noch zwanzig wäre!

»Ich bin's, Sophie«, sagte sie zur Begrüßung. Bei Karl konnte sie sich ein Vorgeplänkel sparen, deshalb kam sie gleich zur Sache. »Wir sollten uns mal wieder zu Hause blicken lassen! Ich schätze, du warst wie ich seit Ewigkeiten nicht daheim. Was hältst du davon, wenn wir einen Überraschungsbesuch für Weihnachten planen?«

»Nach Hause?«, fragte Karl in einem Ton, als hätte sie ihn gefragt, ob sie zusammen zum Mond fliegen sollten.

Sophie verstand das nur zu gut. »Daheim« war schon lange kein Daheim mehr für sie. Karl und sie hatten ihr eigenes Leben. Zufällig wohnten sie beide in München, was aber nicht bedeutete, dass sie sich regelmäßig sahen. Sie sahen sich nicht einmal unregelmäßig, dazu waren ihre Lebenskonzepte einfach zu unterschiedlich. Karl und seine lebenslange Leidenschaft für Harley-Davidson-Maschinen. Und sie im elegantesten Kaufhaus am Platz, mit Freunden in den besten Kreisen …

»Ich weiß nicht …«, erklang es eher lustlos am anderen Ende der Leitung.

Wann weißt du schon mal was?, hätte Sophie am liebsten erwidert. Stattdessen sagte sie in bemüht ruhigem Ton: »Es stimmt schon, viel haben wir uns mit den Eltern und Rosi nicht mehr zu sagen. Unsere Leben sind einfach zu verschieden. Andererseits ist es ja nicht so, als seien wir heillos zerstritten! Wir zwei sind halt einfach unsere eigenen Wege gegangen, und das in sehr jungen Jahren. Da lebt man sich auseinander …« So lässig sie klang, so unwohl fühlte sich Sophie bei dem Gedanken an ihr Elternhaus. Wenn sie ehrlich war, schämte sie sich ein bisschen ihrer einfachen Herkunft. Der dreckige Hof, die stets erdverkrusteten Galoschen, die vor der Haustür standen wie vor einem Gesindehaus. Der Vater, der bei jeder passenden und unpassenden Gelegenheit peinliche Bemerkungen machte. Nein, es war wirklich besser, beide Welten auseinanderzuhalten.

Zum Glück störte sich Roswitha nicht an alldem, dachte Sophie, während sich das Schweigen am anderen Ende der Leitung ausdehnte. Rosi war schon immer der genügsame Typ gewesen. Und eigentlich hatte sie es ja auch gut! Es gab weiß Gott keinen Grund, die jüngere Schwester zu bedauern. Schon in jungen Jahren hatte sie von den Eltern den Hof übertragen bekommen, seitdem war sie ihre eigene Herrin und konnte schalten und walten, wie es ihr gefiel. Und immer hatte sie die Eltern zur Hilfe …

»Und was ist mit deinem Josi?«, fragte Karl, den Sophie vor lauter Resümieren fast vergessen hatte. Sie runzelte die Stirn. Seit wann interessierte sich Karl für »ihren« Josi?

»Der ist Schnee von gestern«, sagte sie in einem Ton,

der weitere Nachfragen verbot. Sie hörte Karls Aufatmen regelrecht. Ihr Bruder hatte ihren Freund nie gemocht. Schickimicki Josi, der nicht Joseph genannt werden wollte, und Biker Karl.

»Hast du eigentlich mitbekommen, dass Roswitha jetzt Kesselchips herstellt?«, sagte sie. Ihr Magen gab ein knurrendes Geräusch von sich, als wollte er sie daran erinnern, dass etwas Substanzielleres als ein paar Chips nach dem langen Arbeitstag nicht schlecht wäre.

»Kartoffelchips?« Zum ersten Mal seit Beginn des Telefonats merkte Karl auf.

»Und zwar welche von der ganz feinen Art! Ich wollte meinen Augen nicht trauen, als ich vor ein paar Wochen in der Feinkostabteilung von Schreck ein ganzes Regal mit ›Roswithas Kesselchips‹ entdeckt habe.«

»Als ob es den Namen nur einmal gäbe. Die Chips stellt bestimmt eine große Firma her«, sagte Karl, und Sophie hörte, wie sein Interesse wieder erlosch.

»Die Chips sind von unserer Rosi«, sagte sie stur. »Ich hab doch auf dem Etikett der Packung alles ganz genau gelesen. Wie die daheim auf so eine Idee gekommen sind, würde mich echt interessieren… Du siehst, es ist wirklich an der Zeit, dass wir uns dort mal wieder blicken lassen. Unsere Eltern werden auch nicht jünger. All die Jahre hat Josi mich mit seinen tausend Verpflichtungen davon abgehalten, aber dieses Jahr mache ich endlich, was ich will«, sagte sie so lebhaft, dass sie fast selbst daran glaubte. »Stell dir doch mal vor, wie die in Maierhofen sich freuen werden!«

Vielleicht hätte sie ihren Bruder gar nicht anrufen sollen, ärgerte sie sich nun. Eigentlich brauchte sie ihn nicht, um daheim hereinzuschneien, oder? Obwohl ihr beim Gedanken, allein daheim aufzutauchen, doch ein wenig unwohl war.

»Also gut!«, ertönte es abrupt am anderen Ende der Leitung.

Sophie runzelte die Stirn. Hatte sie richtig gehört?

»Ich habe eh nichts vor an Weihnachten, da können wir genauso gut nach Hause fahren. Aber wäre es nicht besser, wenn wir vorher anrufen und uns anmelden?«

»Nichts da!«, sagte Sophie. »Unser Besuch soll eine Überraschung werden. Der Höhepunkt des Festes! Das machen wir doch nicht kaputt, indem wir uns vorher anmelden.« Sie lächelte. »Na, *die* werden Augen machen …«

6. Kapitel

»Alles handgemacht!« und »Schön, nützlich oder köstlich!« – das waren die Schlagworte gewesen, die Greta als Organisatorin des Weihnachtsmarktes zusammen mit ihrem dreiköpfigen Komitee, bestehend aus Bürgermeisterin und zwei Gemeinderäten, an die Marktbeschicker herausgegeben hatte. Plastikweihnachtskugeln und Polyesterschals wollten sie auf dem Maierhofener Weihnachtsmarkt nicht sehen, das gab es andernorts zur Genüge. Und das musste auch nicht sein, denn in Maierhofen und der näheren Umgebung gab es genügend kreative Menschen und Handwerkskünstler; das Weihnachtsmarktkomitee hoffte, dass diese Lust hatten, ihre Waren auf dem Markt anzubieten.

Auch für die Hütten, die ein Team von Freiwilligen unter der Leitung von Vincent, dem Maierhofener Zimmermann, aus grob behauenen Hölzern gebaut hatte, wurden ein paar Bestimmungen herausgegeben: Jede Hütte sollte vom Betreiber mit Tannengrün und anderen natürlichen Materialien geschmückt werden. Bunte, flackernde Lichterketten waren nicht erlaubt, auch keine aufblasbaren Nikoläuse oder Weihnachtsmänner, die batteriebetrieben mit dem Hintern wackelten. Als Beleuchtung erwünscht waren hingegen Kerzen, Windlichter, Fackeln und Petroleumlampen. »Ist das nicht gefährlich?«, hatte Magdalena, Bäckerin und Gemeinderätin in einer Person, auf einer der Sitzungen von Vincent wissen wollen.

Doch, ein bisschen schon, hatte der Maierhofener Zimmermann geantwortet. Aber gefährlich waren billige Lichterketten aus Fernost ebenfalls, Jahr für Jahr gab es genügend durch Kurzschlüsse ausgelöste Brände deswegen. Und ein bisschen Achtsamkeit könne man bei den Marktleuten wie auch den Besuchern durchaus voraussetzen.

Vor Greta Roths innerem Auge waren schon damals wunderschöne Bilder aufgestiegen: ein Markt wie vor hundert Jahren, auf dem Strohsterne, glasierte Äpfel und Maronen angeboten wurden. Geschnitztes aus Holz und Gestricktes aus Wolle. Zwetschenmännchen und Lebkuchen.

Hochmotiviert hatte sie sich im August bei dreißig Grad Hitze auf den Weg gemacht, um alle möglichen Produzenten zur Teilnahme zu überreden. Erstaunlicherweise war gar nicht viel Überredungskunst nötig gewesen, im Gegenteil: »Da mache ich gern mit!«, war die Antwort gewesen, die Greta am meisten zu hören bekommen hatte. Viele hatten schon im Sommer beim Genießerfest mitgemacht, und sie hatten dabei gelernt, Greta, der erfolgreichen Werbefrau zu vertrauen. Nun freuten sie sich auf eine Fortsetzung dieses Erfolgs.

Befeuert vom Elan der Mitwirkenden, hatte Greta begonnen, mit ihrer neu gegründeten Agentur Stadt – Land –

Fluss die PR-Trommel zu schlagen: Sie gestaltete eine eigene Seite auf Facebook, sie verfasste abdruckfreie Artikel mit ebenso abdruckfreien Pressefotos für diverse Lifestyle-Magazine. Dazu gab es Ankündigungen im Internet und Plakate in der Kreisstadt. Doch ausschließlich auf diese Maßnahmen verließ Greta sich lieber nicht, was ihrer Erfahrung nach am meisten brachte, war das persönliche Gespräch. Und so telefonierte sie sich die Finger wund, um sämtliche Kontakte, die sie aus dem vergangenen Sommer noch hatte, erneut zu aktivieren. Kommt nach Maierhofen!, forderte sie die Leute auf. Und dank der Magie ihrer Worte entstand vor den Augen ihrer Telefonpartner eine weißverschneite Winterwelt, die sie in ihren nüchternen Büroräumen sehnsüchtig aufseufzen ließ. Maierhofen rief erneut? Natürlich würden sie kommen. Und darüber berichten! Sogar Heidi Hutter von *Meine Landliebe* hatte zugesagt, darüber freute sich Greta ganz besonders. Frau Hutter war in Gretas Augen zwar anstrengend und überspannt, aber ihre Berichterstattung war nun mal der Adelsschlag für jedes ländliche Event.

Die für den Weihnachtsmarkt benötigten Holzhütten würde man für Festlichkeiten und Märkte in der Zukunft weiterhin nutzen können – mit diesem Argument hatte Bürgermeisterin Therese ihrem Gemeinderat das Geld dafür abringen können, was kein Problem gewesen war, denn ebenfalls noch immer berauscht vom großen Erfolg ihres Kräuter-der-Provinz-Festivals hatten Bäckersfrau Magdalena, der Elektriker Scholz und Herbert Heinrich, Christines Exmann, eilig zugestimmt. Wobei die Beweggründe für die Kooperation bei Letzterem sicher besonders waren. Im Bestreben, vor den Dorfbewohnern nicht nur als gemeiner Kerl, sondern als engagierter Bürger dazustehen, hatte Herbert Heinrich sogar eine stattliche Spende für den Bau der Marktbuden getätigt.

Seit Anfang Dezember war auf dem Maierhofener Marktplatz gezimmert und geklopft worden, bis kurz vor dem großen Tag sämtliche Hütten standen. Frisches Tannengrün wurde wagenweise aus dem Wald herangekarrt, bald darauf schmückte es Wände und Dächer der Hütten, sodass man sich wie in einem verwunschenen Zauberwald fühlte. Wie im Sommer zuvor unterstützten sich die Maierhofener auch hier wieder gegenseitig. Bäckersfrau Magdalena versorgte alle mit kostenlosem Kaffee, und manch eine Hausfrau kam mit einem Tablett frisch gebackener Lebkuchen an, um Zimmermann Vincent und den anderen freiwilligen Helfern die Arbeit zu versüßen.

Und dann war er da, der große Tag. Als hätte der liebe Gott ein besonderes Auge auf das kleine Dorf im Allgäu, war wie beim Genießerfest im Sommer bestes Wetter: Es war trocken und kalt, aber nicht zu kalt. In der Nacht zuvor hatte es sanft geschneit, sodass eine dünne Schneeschicht die Hütten und die Dächer der Häuser rund um den Marktplatz wie Zuckerwatte bedeckte.

Therese, die vor lauter Ungeduld schon seit sechs Uhr wach war und es sich mit einer Tasse Kaffee auf der Fensterbank ihres Gasthofes gemütlich gemacht hatte, strahlte. Ihr Maierhofen sah aus wie verzaubert!

Um elf Uhr, kurz nach Ende des Gottesdienstes, öffneten die Buden des Weihnachtsmarkts. Um zehn nach elf waren die Parkplätze vor dem Dorf zur Hälfte belegt. Um ein Uhr mittags musste Kurt Mölling von der Wäscherei, der wie beim Genießerfest die Aufsicht über die Parkplätze hatte, das BELEGT-Schild aufstellen und die anreisenden Gäste auf einen Parkplatz weiter vom Ort entfernt dirigieren.

Therese, die – wie telefonisch vereinbart – am Ortseingang auf Heidi Hutter von der Zeitschrift *Meine Landliebe* wartete, schüttelte staunend den Kopf. Ihre Cousine Greta hatte mit ihrer Werbeagentur Stadt – Land – Fluss allem Anschein nach ganze Arbeit geleistet! Wie im Sommer strömten die Menschen nach Maierhofen und füllten den Ort mit Leben und Lebensfreude.

Danke, lieber Gott, danke.

Den rechten Arm bei Vincent eingehängt, bummelte Greta mit glänzenden Augen über den Weihnachtsmarkt. Wie eine Mutter, die ihrem Sprössling beim Ballett oder Kindertheater zuschaut, war auch Gretas Blick erfüllt mit Stolz. Der erste Maierhofener Weihnachtsmarkt, schön war es geworden.

Ihr Brustkorb hob und senkte sich wie nach einem schnellen Lauf, dabei atmete sie lediglich all die Wohlgerüche ein, die von den einzelnen Hütten aufstiegen.

Da war die Süße der gebrannten Walnüsse von heimischen Bäumen. Dazu gesellte sich der herbe Duft der heißen Maronen, die in Papiertüten überreicht wurden und an denen die Kunden sich fast die Hände verbrannten. Vor der Bäckerei hatte Magdalena ihre Verkaufshütte. Die Würze ihres üppigen Früchtebrots und der Zimtduft der kleinen Linzer Weihnachtstörtchen erfüllten die Winterluft ebenso wie Roswithas frisch aus dem Kessel geschöpfte Kartoffelchips, die am Stand daneben verkauft wurden. Greta winkte Rosi in ihrem feschen Dirndl lächelnd zu. Täuschte sie sich, oder wirkte die Kartoffelbäuerin bedrückt? Und wo war eigentlich Edy, Rosis Lebensgefährte?

Greta ließ ihren Blick weiter über den Markt schweifen, doch dann fiel ihr ein, dass Edy vor ein paar Wochen seine Teilnahme am Markt abgesagt hatte. Ein wichtiger Auswärtstermin. Seinen Stand hatte spontan Gretas Freundin Jessy übernommen. Erst beim Aufbau war ihr klar geworden, dass dieser Stand schräg gegenüber der Bäckerei lag, die Jessys Mutter Magdalena gehörte. »Das hättest du mir auch sagen können«, hatte sie Greta verärgert zugeraunt. Greta hatte betroffen mit den Schultern gezuckt – bei der Standvergabe hatte sie an alles andere gedacht, nur nicht an den alten Streit zwischen Mutter und Tochter.

So nah und doch so fern, dachte Greta ein wenig traurig, als sie sah, wie freundlich sich Mutter und Tochter um ihre Kunden kümmerten, aber kein einziges Wort miteinander wechselten. Sie würdigten sich nicht einmal eines Blickes. Allem Anschein nach war ein Familienstreit vor vielen Jahren schuld daran, dass Mutter und Tochter nicht miteinander sprachen. Während die Dorfbewohner diesen Zustand mit Gleichmut hinnahmen, empfand Greta, deren Mutter vor über zehn Jahren gestorben war, ihn als schmerzlich. In ihren Augen waren solche Familienstreitigkeiten irgendwie unnötig und dumm. Aber da sie sich sowohl mit Mutter als auch mit Tochter angefreundet hatte, behielt sie ihre Meinung für sich.

Jessy hatte ihren Stand direkt neben Madara, der Sennerin. Wie erwartet gab es bei ihr Käse und zwar auf dicken Scheiben vom rustikalen Holzofenbrot, goldbraun in einem Ofen überbacken. Allein bei dem Geruch lief Greta schon das Wasser im Mund zusammen!

»Sollen wir?«, raunte sie Vincent zu, doch er hörte nicht zu. Vielmehr war der Zimmermann in ein Gespräch mit einem Krippenbauer vertieft, der seine holzgeschnitzten Figuren und Krippen neben Jessy und Madara anbot.

»Da, für dich!«, sagte Jessy im selben Moment und hielt ihr einen dickwandigen Becher hin, aus dem es gehörig dampfte.

»Danke«, sagte Greta erfreut. »Was ist das?« Genießerisch hielt sie ihre Nase über den Becher und inhalierte den aufsteigenden Duft.

»Das ist mein Holunderpunsch, ich habe ihn passend zu Madaras Sennerinnenbrot kreiert«, sagte Jessy. »Die Holunderbüsche stehen nämlich am Rand der Bergwiesen, auf denen Madaras Kühe den Sommer verbracht haben.«

»Wie faszinierend …«, sagte eine Frau neben Greta. »Davon hätten wir auch gern zwei Becher.«

Schmunzelnd beobachtete Greta, wie die Frau andächtig einen Schluck aus ihrem Punschbecher nahm und zu ihrem Mann sagte: »Ist der köstlich! Und wie der von innen wärmt!«

Ihr Mann nickte und sagte: »Kein Vergleich zu der Plörre, die es sonst auf Weihnachtsmärkten gibt.«

Greta zwinkerte ihren beiden Freundinnen Jessy und Madara, die den Wortwechsel ebenfalls mitbekommen hatten, verschwörerisch zu. Genau so hatten sie es sich gewünscht…

Sie schmiegte sich noch enger an Vincent, der sein Gespräch mit dem Krippenbauer beendet hatte, und seufzte glücklich auf.

»Therese hat mich vorhin angesprochen«, sagte Vincent zu ihr. »Wie es aussieht, muss ich für den nächsten Weihnachtsmarkt noch mindestens fünf Hütten mehr bauen. Es gibt wohl ein paar Leute aus den Nachbarsdörfern, die auch mitmachen wollen.«

»Der *nächste* Weihnachtsmarkt? Wie schön, dass ich davon auch erfahre«, sagte Greta lachend. Natürlich hatte sie darauf gehofft, dass der Markt ein Erfolg wurde, aber gleich von einer ständigen Einrichtung zu sprechen wäre ihr arrogant und vermessen vorgekommen.

»Na, schau dich doch mal um«, sagte Vincent neckend. »Einen größeren Erfolg könnte man sich doch nicht wünschen, oder? Also, für mich steht fest, dass wir das wiederholen!«

Greta hatte auf einmal vor Rührung einen Kloß im Hals. »Wir« – gab es ein schöneres Wort?

Ihre Rührung wich abrupt, als sie in der Menge jemanden entdeckte, mit dem sie unbedingt sprechen musste, sonst… Hektisch schaute sie von Vincent zu der Person und wieder zurück. Verflixt, wie konnte sie ihren Liebsten auf die Schnelle loswerden, ohne dass er misstrauisch wurde?

❄

»Den Weihnachtsstern bitte weg! Nicht nur verschieben, ganz weg! Und jetzt die Lampe ein wenig höher halten, da ist noch ein Schatten im Bild!« Hektisch fuchtelte Heidi Hutter mit dem rechten Arm durch die Luft. Dass sie dabei im Gedränge der Marktgäste ständig an diesen oder jenen anstieß, trug ihr zwar verärgerte Blicke ein, schien sie aber nicht weiter zu stören. »Und jetzt die Krippe ein wenig nach links. Noch etwas mehr, noch weiter… Sehr gut, sehr gut. Los, Johannes, halt drauf!«, raunte sie ihrem Fotografen zu.

Genau, Johannes, halt drauf, damit wir heute noch irgendwann fertig werden, fügte Therese im Stillen zu. Unauffällig warf sie einen Blick auf die Uhr des Kirchturms, die immer ein wenig nachging. Schon drei Uhr vorbei.

»Sehr gut«, verkündete Heidi Hutter. »Und jetzt zum Stand mit den Strohwaren! Selbst gemachte Strohsterne haben etwas so Nostalgisches, das muss unbedingt mit in unseren Artikel.«

Brav trotteten Therese und der Meine-Landliebe-Fotograf der Redakteurin hinterher. Schon seit über drei Stunden kommandierte die Zeitschriftenredakteurin den halben Weihnachtsmarkt herum. Hier eine Lampe hin! Da das Dach aus Tannengrün mühsam abgenommen, um mehr Licht zu bekommen. Und dort flugs eine Marktfrau durch eine andere, die besser in Heidi Hutters Weltbild passte, ausgetauscht.

Von Weitem sah Therese ihre Cousine Greta, die lachend am Stand von Jessy stand, einen Becher Punsch in der Hand. Einen Moment lang bereute Therese ihr vollmundiges Angebot, die Zeitungsredakteurin selbst über den Markt zu geleiten. »Du hast dich im Sommer um sie gekümmert, als ich krank war, da ist es nur rechtens, dass ich dieses Mal dran bin. Vielleicht gefällt es ihr ja, dass die Frau Bürgermeisterin höchstpersönlich für sie da ist«, hatte sie zu Greta gesagt, als diese den »hohen Besuch« angekündigt hatte. Ihre Cousine war sichtlich erleichtert gewesen – allzu viel Liebe war zwischen ihr und der Zeitungsfrau wohl nicht entstanden. Inzwischen konnte Therese Gretas Ressentiments verstehen …

Fremdschämen – nun wusste Therese, was mit diesem Begriff gemeint war. Mehr als einmal war ihr eine von Heidi Hutters Ansagen regelrecht peinlich gewesen. Vor allem, als sie Roswitha gebeten hatte, ihren Stand zu verlassen, um dann an Rosis Stelle eine vorbeispazierende junge Frau mit bildhübschem Puppengesicht und Zopffrisur dort zu platzieren. Rosi hatte dreingeschaut wie ein geprügelter Hund! Da hatte es auch nicht geholfen, dass Therese etwas von »Blond kommt halt auf Fotos immer besser heraus als unsere dunklen Haare« gefaselt hatte.

Heidi Hutter war wirklich wie der Elefant im Porzellanladen. Aber als Bürgermeisterin von Maierhofen musste sie geschäftstüchtig denken. Der Bericht über den ersten Maierhofener Weihnachtsmarkt würde zwar erst zum Advent nächsten Jahres erscheinen, aber Werbung kam immer zur rechten Zeit. Je mehr Leute von dem kleinen, rührigen Genießerdorf erfuhren, desto besser!

»Sagen Sie mal, wäre es möglich, dass ich über Weihnachten und Neujahr ein Zimmer bei Ihnen bekomme?«, fragte Heidi Hutter so unvermittelt, dass Therese einen Moment lang glaubte, nicht richtig gehört zu haben. Sie waren inzwischen am Stand mit den heißen Maronen angelangt.

»Leider haben wir über die Feiertage geschlossen, die Pension und das Gasthaus«, sagte Therese mit geheucheltem Bedauern. Heidi Hutter über Weihnachten bei ihnen als Gast? Na, das hätte ihr gerade noch gefehlt!

»Das macht nichts«, sagte Heidi Hutter triumphierend. »Der ganzen Völlerei über Weihnachten kann ich sowieso nichts abgewinnen. Ich bringe mir einfach ein paar Dosen mit! Wenn ich dann noch hin und wieder in Ihrer Küche einen Tee kochen darf, bin ich wunschlos glücklich. Sie werden mich gar nicht bemerken, versprochen!«

»Aber was wollen Sie ausgerechnet in Maierhofen?«, entfuhr es Therese, bevor sie darüber nachdenken konnte. Sehr geschäftstüchtig klang das nicht, und eilig fügte sie hinzu: »Warum genießen Sie die Weihnachtsfeiertage nicht in den Bergen? In einem schönen Hotel im Kleinwalsertal, im Tannheimer Tal oder sonst wo? Dort sind alle auf Weihnachtsgäste eingestellt. Wir hingegen haben nicht mal einen Baum!«

»Umso besser«, sagte Heidi Hutter zufrieden. »Wissen Sie, ich bin absolut kein Weihnachtsfan, sondern möchte nur meine Ruhe haben. Ein Hotel mit großem Weihnachtsbaum im Foyer und Merry-Christmas-Gedudel im Aufzug fände ich einfach nur grauenvoll. Und dann noch ein Nikolaus, der im Speisesaal Geschenke verteilt ...« Sie schüttelte sich theatralisch. »Das kann machen, wer will, aber für mich ist das nichts. Vielmehr werde ich einen Stapel Bücher mitbringen und lesen und schlafen. Für all das habe ich das ganze Jahr über viel zu wenig Zeit. Maierhofen ist für mich perfekt – es ist ein bisschen winterlich-weihnachtlich, aber nicht so übertrieben wie sonst überall.«

Hilflos ließ Therese ihren Blick über die weiß überzuckerten Dächer rund um den Marktplatz schweifen. Ein wenig konnte sie Heidi Hutters Argumentation folgen. Aber dennoch ...

»Und warum bleiben Sie nicht zu Hause?«, fragte Therese und hoffte, nicht zu unfreundlich zu klingen.

»Ein Tapetenwechsel tut einfach gut«, sagte Heidi Hutter in frohem Ton. »Und je länger ich hier verweile, desto besser kann ich die Stimmung in meinem Artikel über Maierhofen herüberbringen, glauben Sie nicht auch?«

Ach, so lief der Hase!, dachte Therese wütend.

»Ich spreche mit Sam«, sagte sie ausweichend, »aber wie gesagt – eigentlich haben wir zu, deshalb kann ich Ihnen auch nichts versprechen.«

»Sagen Sie Ihrem Koch einfach, dass er mich gar nicht bemerken wird, ich werde wie ein kleines unsichtbares Mäuschen sein, von dem man nur hin und wieder ein Rascheln hört«, sagte Heidi Hutter und sah dabei so aus, als würde sie ein Nein nicht akzeptieren. »So, und jetzt habe ich Hunger! Gab es hier nicht irgendwo Waffeln mit Zimt und Zucker?«

Mit dem unguten Gefühl im Bauch, manipuliert zu werden und sich dagegen nicht wehren zu können, trottete Therese hinter der Zeitungsfrau her. Als ihr Handy klingelte, war sie fast dankbar. »Hallo, mein Liebes!«, tönte es überschwänglich in ihrem Ohr.

»Vater …«, sagte sie verhalten. Auch er war einer, der die Leute ruckzuck da hatte, wo er sie brauchte.

»Hallo, Liebes«, tönte es noch einmal zurück. Im Hintergrund war lautstark Freddy Quinn zu hören, der hoffte, dass sein Junge bald zurückkommen würde.

Unwillkürlich musste Therese schmunzeln. Vaters neue Flamme besaß am Bodensee eine Kneipe, die genauso gut im Hamburger Hafen hätte stehen können. Mit dicken Tauen und Plastikankern an der Wand, Fischernetzen an der Decke und eben Freddy Quinn, der von der Gitarre und dem Meer sang. Als Sam und sie ihren Vater im Spätsommer besucht hatten, waren sie auf sein Geheiß hin auf ein Bier dort eingekehrt. Therese hatte nicht gewusst, ob sie grinsen oder sich gruseln sollte angesichts von so viel Kitsch.

»Liebes, wegen Weihnachten …« Nun war es ihr Vater, der verhalten klang. »Wärst du mir arg böse, wenn ich nicht komme? Hannelore plant eine große Seemanns-Weihnachtsfeier, und ich will ihr ein wenig unter die Arme greifen, verstehst du?«

»Du willst an Weihnachten arbeiten?«, sagte Therese stirnrunzelnd. Und dann noch in einer fremden Wirtschaft! Therese konnte sich nicht erinnern, dass Vater ihr jemals seine Hilfe angeboten hätte. Und sie hätte ihn mehr als einmal dringend benötigt.

»Das ist doch pures Vergnügen!«, kam es vollmundig zurück. »Es wird Labskaus geben und eingelegte Heringe und Pellkartoffeln. Und dazu einen kräftigen Rumpunsch, wie es sich für uns Seeleute eben gehört.«

Für uns Seeleute – Therese schüttelte den Kopf. Außer dem Bodenseeschifffahrtspatent konnte ihr Vater keinen weiteren Bootsschein aufweisen. Aber er war schon immer jemand gewesen, der sich schnell für etwas begeistern ließ. Genauso schnell wandte sich seine Begeisterung jedoch auch wieder neuen Dingen und Menschen zu.

»Hört sich prima an«, sagte sie so euphorisch wie möglich. »Bitte richte Hannelore meine Grüße aus!« Sie legte auf und schaute stirnrunzelnd in die Ferne. Sie so kurz vor dem Fest zu versetzen, das war wieder mal typisch für ihren Vater. Sei nicht so streng, rügte sie sich im selben Moment. Freu dich lieber, dass er noch so selbstständig ist und ein aktives Leben führt! Wenn sie da an Roswitha dachte … Die Arme hatte mit ihren Eltern immer alle Hände voll zu tun.

Wenn man vom Teufel sprach, dachte sie, als die Kartoffelbäuerin im selben Moment an ihr vorbeihastete.

»Hi Rosi«, sagte Therese.

»Ich muss kurz zum Auto, um Nachschub an Papiertüten zu holen«, kam es gehetzt zurück. »Sag mal, könntest du kurz auf meinen Stand aufpassen?« Sie nickte in Richtung ihrer Hütte.

»Ja klar«, sagte Therese, nachdem sie sich mit einem Seitenblick vergewissert hatte, dass Heidi Hutter noch immer mit ihrer Waffel beschäftigt war.

»Danke, bist ein Schatz«, sagte Rosi und wollte schon

weitergehen, doch dann besann sie sich eines Besseren und sagte: »Sorry, dass ich so hektisch bin, aber ich weiß gerade nicht mehr, wo mir der Kopf steht! Ich glaube, ich hab schon den Weihnachtskoller. Alle freuen sich auf das Fest, nur ich nicht.«

»Was ist denn los?« Therese machte einen Schritt zur Seite, um eine Familie mit Kinderwagen vorbeizulassen.

Rosi verzog das Gesicht. »Der alltägliche Wahnsinn hoch zwei. Vater bastelt allabendlich was in der Werkstatt, gestern hat er sich in den Finger geschnitten, so tief, dass ich ihn zum Nähen ins Krankenhaus fahren musste. Mutter strickt viel zu große Socken, die keinem passen, na ja, wenigstens stellt sie dabei nichts an …« Roswitha versteckte ein Gähnen hinter vorgehaltener Hand, gleichzeitig schaute sie hektisch in Richtung Ortsausgang, wo sie ihr Auto geparkt hatte. »Ich würde mir am liebsten die Decke über den Kopf ziehen und eine Woche lang am Stück schlafen, so kaputt bin ich!«

Therese nickte sorgenvoll. Rosi sah wirklich sehr erschöpft aus, ihr Gesicht war bis auf die geröteten Wangen blass. Nicht mal ihr schönes Dirndl konnte davon ablenken, dass es ihr nicht gut ging.

»Sag mal, wo ist eigentlich Edy? Wollte der dir hier am Stand nicht helfen?« Männer!, dachte Therese unmutig. Wenn man sie einmal brauchte!

»Ja, schon. Aber nun ist er in Friedrichshafen und nimmt einen Preis entgegen«, sagte Rosi und verzog das Gesicht. »Veganer Newcomer des Jahres! Es tut ihm sehr leid, dass er heute nicht hier sein kann, aber diese Prämierung ist unheimlich wichtig in der Lebensmittelbranche, sie wird Edys Vurstwaren viel Aufmerksamkeit einbringen. Tja, so ist das halt, wenn man erfolgreich ist ...« Roswitha klang stolz und traurig zugleich.

Therese legte Rosi eine Hand auf den rechten Arm. »Jetzt geh und hol deine Papiertüten. Und danach gönn dir noch in aller Ruhe einen Punsch oder Kaffee! Ich vertröste so lange die Leute an deinem Stand.«

Erleichtert lief die Kartoffelbäuerin weiter.

Wer hätte das von Edy gedacht, ging es Therese durch den Sinn, als sie sich neben dem kupfernen Chipskessel postierte. Preis hin, Preis her – Roswitha hätte seine Hilfe heute wirklich dringend nötig gehabt. Hoffentlich stieg ihm sein Erfolg nicht zu sehr zu Kopf.

7. Kapitel

»Veggie, Vegan & Vital« stand auf dem rot-weißen Schild, das oben an der Rückwand der Bühne hing und fast deren ganze Breite einnahm. Darunter war eine riesige Leinwand angebracht, auf denen jeweils die Produkte der einzelnen Preisträger gezeigt wurden.

Vegan & Vital … Edy nickte inbrünstig, während auf der Bühne gerade der Preis für die beste vegane Tortenkreation verliehen wurde. So vital wie derzeit hatte er sich in den ganzen letzten fünfzig Jahren nicht gefühlt!

Die Tortenbäckerin, ein hübsches junges Ding mit roten Wangen und kecker Kurzhaarfrisur, ging strahlend von der Bühne. An ihrer Stelle erklomm ein älterer Herr das Podium. Preisverleihungen und Reden wurden im Wechsel abgehalten, das hatte Edy inzwischen verstanden. Er versuchte, sich auf den Vortrag, der auf die Gefahren durch den Verzehr roten Fleisches hinwies, zu konzentrieren – vergeblich. Bald würde er an der Reihe sein. Der Preis für den besten veganen Newcomer wurde am Ende des Abends verliehen, hatte man ihm gesagt. Sogleich begann sein Magen heftig zu rumoren, und das lag nicht an der Aufzählung schwerer Zivilisationskrankheiten, die der

Redner gerade vortrug. Auch Edy hatte eine kurze Rede vorbereitet, aber der Gedanke daran, sie vor Hunderten von Gästen zu halten, brachte ihn fast um. Es hätte nicht viel gefehlt, und er hätte fluchtartig den Saal verlassen. Wenn wenigstens Roswitha da wäre! Sie hätte jetzt seine Hand gedrückt und ihn mit einer Mischung aus Aufmunterung und Strenge angeschaut. Du schaffst das!, hätte sie ihm mit jeder Faser ihres Wesens vermittelt. So, wie sie es von Anfang an getan hatte. Ohne Roswitha, das wusste Edy ganz genau, würde er heute nicht hier stehen, sondern auf dem Weihnachtsmarkt in Maierhofen Schweinsbratwürste verkaufen. Würste, die er zuvor mit regelrechtem Ekel zubereitet hätte.

Er hatte Rosi so viel zu verdanken! Umso schlimmer war es ja, dass er und Rosi …

»Und nun … der beste vegane Newcomer des Jahres!« Ein Tusch ertönte, Fanfarenklang und der im Laufe der letzten Stunden etwas müde gewordene Applaus der Anwesenden.

Edy schaute sich hilfesuchend um. Dann stand er in seiner ganzen Länge von 1,93 Meter auf und bewegte sich im Zeitlupentempo zur Bühne. Gleich würde er einen Herzinfarkt erleiden, vital hin oder her. Oder er würde ohnmächtig werden. Oder sofort sterben.

Zu seiner Verwunderung erreichte er die Bühne jedoch ohne größere Vorkommnisse. Zitternd platzierte er sich neben einem der Organisatoren der Preisverleihung, der zu einer Rede anhob: »Vom Tiermörder zum Tierfreund – mit diesen Worten ist die unglaubliche Karriere von Edy Scholz aus dem Genießerdorf zu beschreiben …«

Tiermörder. Edy runzelte die Stirn. Nicht mal zu seiner Zeit als Metzger hatte er es fertiggebracht, ein Tier zu schlachten. Diese Aufgabe hatte immer sein Vater übernommen, während er, Edy, sich auf die Verarbeitung konzentriert hatte. Und in seiner Funktion als Igeldoktor – sein Hobby, für das er leider kaum mehr Zeit hatte – hatte er schon immer Tierleben gerettet, statt sie zu nehmen.

»In den blutverschmierten Räumen der elterlichen Metzgerei begannen Edys Träume von einem Leben ohne Tierleid«, fuhr der Redner fort.

Blutverschmiert? Bei ihnen war es immer pieksauber gewesen! Die Falte auf Edys Stirn wurde tiefer. Doch dann erinnerte er sich daran, dass die Reden zu den anderen Preisträgern genauso reißerisch gewesen waren. Bei der Tortenbäckerin hatte der Redner so herzzerreißend von der grausamen Sitte gesprochen, Kühen ihre Babys zu nehmen, um die Milch für Sahne und Schmand zu bekommen, dass Edy Tränen in die Augen gestiegen waren. Wie gut, dass Madara oben auf der Alm eine Muttertierhaltung pflegte, dachte er nicht zum ersten Mal. Bei ihr durften die Kälbchen bei der Mutterkuh Milch trinken, erst danach melkte die Sennerin die restliche Milch für ihre Käseproduktion ab.

»Edy Scholz' vegane Waren schmecken so authentisch nach Wurst und Braten, dass es einem fast unheimlich dabei werden kann«, fuhr der Redner fort. Auf der Leinwand flackerte ein Brotzeitteller mit Edys Schinkenvurst, Bratvurst und dem veganen Leberkäs auf. Das Foto hatte Gustav Kleinschmidt – Rentner und Fotograf von Maierhofen – gemacht, entstanden war es im Maierhofener Genießerladen. Roswitha, Christine und er hatten eine halbe Stunde lang die Vurstwaren, Radieschen und Tomatenscheiben auf dem Holzbrett zurechtgeschoben, bis Gustav Kleinschmidt endlich mit dem Arrangement zufrieden gewesen war. Die Mühe hatte sich gelohnt, ein anerkennendes Raunen ging durch den Saal.

»...Und somit darf ich Ihnen heute den Preis für den besten veganen Newcomer des Jahres überreichen!«

Fanfarenklänge ertönten erneut, während Edy mit zittriger Hand einen gläsernen Apfel entgegennahm. Auf die Holzplatte, auf der der Apfel befestigt war, hatte man auf einer Messingplatte Edys Namen eingraviert.

Edy schluckte tief bewegt.

Während er seine Dankesrede von seinem Spickzettel ablas, fiel sein Blick auf das Tattoo, das er sich im Herbst vor einem Jahr hatte stechen lassen. »Träume teilen«, stand auf seinem linken Unterarm, daneben war ein Igel platziert worden. Es war Rosis Idee gewesen, das Tattoostudio aufzusuchen. Auf ihrem Unterarm prangten die Worte »Träume wagen«, erst gemeinsam ergaben sie in Edys Augen ein Ganzes.

Ach Roswitha, dachte er, während der Redner verkündete, dass das kalte Buffet – vegan und vegetarisch natürlich – nun eröffnet sei. Sogleich stürmte die Menschenmenge in den Nebensaal. Nur Edy spazierte in Richtung Ausgang. So konnte es nicht weitergehen mit Rosi und ihm, dachte er, während er seinen gläsernen Apfel in seinem Auto in Sicherheit brachte.

Roswitha war einst sein großer Schwarm gewesen, damals, in seiner Jugend. Doch sie hatte ihn, den schüchternen langen Kerl, nicht zur Kenntnis genommen und sich stattdessen in einen anderen verliebt. Und ihn geheiratet! Für Edy war damals eine Welt zusammengebrochen, auch wenn er das niemandem gezeigt hatte. Er war danach Single geblieben, irgendwie hatte sich die große Liebe nie ergeben. Doch dann, bei den Vorbereitungen zum Genießerfestival waren sie sich nähergekommen. Rosis Mann hatte sie schon Jahre zuvor verlassen, schon lange lebte sie mit ihren Eltern allein auf dem Hof.

Edy hatte sein Glück nicht glauben wollen, als sie ihn auf ein Picknick einlud. Rosi und er am Weiher! Und die Frösche quakten ihr Konzert dazu. Damals hatte er ihr von seinem großen Traum, vegane Vurstwaren herzustellen, erzählt. Und sie hatte schlicht gesagt: Dann leg doch los! Das waren schöne, fröhliche Tage gewesen. Tage des Neuanfangs, des Aufbruchs in bessere Zeiten. Doch viel war davon nicht übrig geblieben, war die bittere Bilanz, die Edy nun in seinem ausgekühlten Auto sitzend zog. Man musste sich nur den heutigen Tag anschauen, um zu wissen, wie es um sie bestellt war: Rosi war in Maierhofen beschäftigt und er hier!

Edy schüttelte heftig den Kopf. So hatte er sich eine Beziehung nicht vorgestellt. Es gab Zeiten, da brauchte man einfach seine Frau an seiner Seite. Wenn das nicht möglich war, dann hatte doch alles keinen Sinn, oder?

Edy lupfte sein Hinterteil, um an den Geldbeutel zu gelangen, den er in der hinteren Hosentasche verstaut hatte. Mit sorgenvollem Blick zog er eine kleine verknitterte Visitenkarte hervor. *Ludmilla Kasinova – ich helfe, wenn Sie unter Druck stehen* stand darauf.

Eine Frau, wie er sie brauchte. Am besten sofort! Edy spürte, wie sogleich das schlechte Gewissen in ihm aufstieg. Wenn Roswitha wüsste, was er vorhatte… Aber manchmal musste ein Mann eben tun, was er tun muss.

Er wählte die auf der Visitenkarte angegebene Telefonnummer. Seine Hände zitterten mindestens so sehr wie zuvor, als er den Glasapfel in Empfang genommen hatte.

»Ja bitte?«, sagte eine Frau mit osteuropäischem Akzent. Stimmen im Hintergrund, Gelächter und Weihnachtsmusik.

»Spreche ich mit Ludmilla?«, fragte Edy schüchtern.

8. Kapitel

Während Heidi Hutter sich am Waffelstand mit Glühwein und Punsch einen ordentlichen Schwips antrank, beschloss Therese, dasselbe zu tun, aber an ihrem eigenen Stand, der sich vor der Goldenen Rose befand. Dort verkauften Sam und eine ihrer Bedienungen Gemüseeintopf. Glühwein hatten sie ebenfalls im Angebot.

Schon von Weitem sah Therese die Traube von Menschen, die sich rund um den Stand eingefunden hatte – Freunde, Bekannte, Gäste –, und alle hatten einen Becher dampfenden Glühwein in der Hand. Dementsprechend groß war das Gelächter und Geplauder. Eine Umarmung hier, ein Küsschen da … Grinsend schlüpfte Therese an der Theke vorbei zu Sam in die Bude.

»Stell dir vor, mein Vater kommt nun doch nicht zu Weihnachten her«, sagte sie, während sie sich einen Becher Glühwein einschenkte. Sie genoss die süße Wärme, die sich sogleich in ihrem Inneren ausdehnte. Dann gab sie Sam einen zimtgeschwängerten Kuss. »Dein Wunsch nach trauter Zweisamkeit geht vielleicht also doch noch in Erfüllung.«

»Welcher Weihnachtswunsch geht in Erfüllung?«, ertönte es über die Theke hinweg. Therese schaute auf und sah Greta und Vincent Arm in Arm dastehen, mit geröteten Wangen und glänzenden Augen.

Die beiden sehen immer aus, als seien sie gerade erst aus dem Bett gestiegen, dachte Therese ein wenig neidisch. Was wahrscheinlich auch der Fall war. Doch gleich darauf lächelte sie. Sie war viel zu glücklich, ihre Cousine endlich wieder in ihrem Leben zu haben, als dass sie ihr ernsthaft etwas geneidet hätte.

So viele Jahre hatten sie sich nicht gesehen. Durch einen dummen Streit ihrer Eltern waren sie einst als Kinder auseinandergerissen worden. Und es hatte eines schweren Schicksalsschlags bedurft, um sie wieder zusammenzubringen. Mit einem Besuch hatte es angefangen, und heute lebte Greta sogar hier in Maierhofen!

»Weihnachtswünsche sind geheim, weißt du das nicht?«, sagte Therese grinsend. »Aber lass uns über den Heiligabend sprechen. Ihr wollt wirklich nicht zu uns kommen?« Unwillkürlich hielt sie den Atem an. Schon vor einer Woche hatte Greta ihr abgesagt, nun hoffte sie, dass es dabei blieb.

Zu ihrer Erleichterung winkten Greta und Vincent ab. »Vincent hat schon einen Baum gekauft, der reicht fast bis unters Dach«, sagte Greta lachend. »Wir planen einen ganz altmodischen Heiligabend mit Baumschmücken und Glühweintrinken, und ich will mich sogar an einer Gans versuchen.« Sie zwinkerte Sam in betont übertriebener Weise zu. »Du hast doch bestimmt ein paar Tipps für mich, oder?«

Sam lächelte. »Und ob ich die habe. Du bekommst das weltbeste Gänsebratenrezept aller Zeiten!«

»Darauf gebe ich doch glatt einen aus. Glühwein für alle!«, rief Greta schon leicht angeschickert, woraufhin alle Umstehenden Sam lachend ihre Tassen entgegenhielten. Das Leben war zum Feiern da, oder etwa nicht?

»Wegen des Weihnachtsgeschenks für Greta …«, raunte Vincent Therese ins Ohr. »Das klappt übrigens.« Er rieb sich die Hände, als könne er den Heiligabend kaum erwarten. »Ich bring es dir dann wie abgemacht am frühen Nachmittag vorbei, okay? Zur Aufbewahrung …« Er grinste spitzbübisch.

Therese nickte skeptisch. Sie war sich nicht sicher, ob Greta sich wirklich über ihr Geschenk freuen würde, mehr noch, seit Vincent sie ins Vertrauen gezogen hatte, machte sie sich regelrecht Sorgen. Sie hatte das Gefühl, dass Vincent sich eher selbst damit beschenkte. So wie ein Vater es tat, der für den zweijährigen Sohn eine teure elektrische Eisenbahn kaufte. Aber was sollte sie tun? Ihm abraten, wo er sich doch freute wie ein Kind? Nein, Vince war erwachsen und wusste, was er tat. Und vielleicht freute Greta sich ja tatsächlich?

»Wie schade, dass ich Gretas Gesicht nicht sehen kann, wenn sie ihr Geschenk auspackt«, flüsterte sie lächelnd.

»Ich werde dir alles haargenau erzählen«, raunte Vincent zurück. »Und spätestens um halb sieben hole ich mein Geschenk bei dir ab, versprochen!«

Therese nickte. Ganz wohl war ihr bei der ganzen Angelegenheit immer noch nicht.

»Auf unser aller Wohl!«, rief Sam, und die anderen hoben ihre Becher. Plötzlich kamen alle aufs Thema Geschenke zu sprechen. Es wurde geheimnisvoll getuschelt und gelacht, der eine war glücklich, seine Geschenke beieinander zu haben, der andere verzweifelte schier ob seiner Einfallslosigkeit.

Was schenkt man einem Mann? Mehr noch, was schenkte man dem Herzallerliebsten? Diese Frage hatte Therese sich auch gestellt und sie für sich so geklärt: lauter schöne Kleinigkeiten. Denn in ihren Augen waren es die kleinen Momente, die das Leben zu etwas Besonderem machten.

Apropos Kleinigkeiten... Resolut stellte sie ihren Glühweinbecher ab. Sie musste dringend mit Christine sprechen. Vorhin, als sie mit Heidi Hutter an Christines Stand vorbeibekommen war, hatten sie sich nur kurz zugewinkt. Sie war mit Heidi Hutter beschäftigt gewesen und Christine mit dem Ansturm auf ihre selbst gemachten Kräutersalze. Aber Therese wollte dringend herausfinden, wann ihre beste Freundin Zeit hatte, endlich das Kräutersalz für Sam fertigzustellen, das sie gemeinsam angesetzt hatten. Am besten wäre, sie träfen sich noch, bevor Christines Töchter anreisten. Viel Zeit blieb ihnen nicht mehr. Aber Gott sei Dank hatte sie sonst schon alles zusammen: eine neue Kochschürze, die sie unter Christines Anleitung liebevoll mit einer goldenen Rose und Sams Initialen bestickt hatte. Ein hübsches Notizbuch, dessen Einband sie verziert hatte und in das Sam neue Rezepte schreiben konnte. Dass sie einmal so kreativ werden würde, wer hätte das gedacht... Therese lachte vor sich hin.

Sie wollte sich gerade auf den Weg zu Christine machen, als ihr siedend heiß einfiel, dass sie Sam noch gar nicht von Heidi Hutters Schnapsidee erzählt hatte. Leise, sodass niemand etwas mitbekam, holte sie dies nun nach.

»Die Hutter über Weihnachten zu Besuch?« Sams Miene war düsterer als die Winterdämmerung, die sich allmählich über Maierhofen senkte. »Nur über meine Leiche!«

Therese nickte. »Aber wie soll ich ihr das sagen, ohne sie zu verärgern? Am Ende lässt sie den Bericht über unseren Weihnachtsmarkt noch sausen.«

»Keine Sorge, ich kläre das mit ihr«, sagte Sam, während er über die Köpfe der anderen hinweg Ausschau nach der Journalistin hielt.

Therese hob skeptisch die Brauen. Der gute Sam hatte sich schon einmal von Heidi Hutter einlullen lassen. Damals, als er eigentlich inkognito hatte bleiben wollen und sich am Ende doch zu erkennen gegeben hatte als der, der er war: ein hochgelobter Sternekoch nämlich! Zugegeben, das war aus Liebe zu ihr geschehen. Aber Heidi Hutter hatte eine starke Überzeugungskraft… Ob Sam sich diesmal würde widersetzen können?

*

Sam Koschinsky hörte das schrille Lachen von Heidi Hutter schon von Weitem. Und es sorgte dafür, dass sein Groll weiter wuchs. Im Grunde hatte er nichts gegen Heidi Hutter selbst, doch in seinen Augen personifizierte sie alles, was sein früheres Leben am Ende so unerträglich gemacht hatte: die nicht enden wollenden Interviewanfragen an ihn, den jungen attraktiven Sternekoch. Stunde um Stunde seiner kostbaren Zeit hatten sie ihm geraubt, und immer waren es dieselben Fragen gewesen. Die affektierte Schickeria, die sich bei ihm im Restaurant eingefunden hatte, um zu sehen und gesehen zu werden. Ums Essen war es dabei den wenigsten gegangen! Die spitzen Federn, mit denen Zeitungsleute wie Heidi Hutter, Restaurantkritiker und Foodblogger viele seiner Kollegen böser verletzt hatten, als es das schärfste Küchenmesser hätte tun können.

Zum Glück war er aus dem ganzen Zirkus ausgestiegen, dachte er nicht zum ersten Mal. Er war froh, hier in Maierhofen seine Heimat gefunden zu haben, und das nicht nur als Koch, sondern auch als Mensch. Heute wusste er, dass es Dinge gab, die viel wichtiger waren als Ruhm und Sterne. Seine Liebe zu Therese zum Beispiel. Dieses neue Glück wollte er mit allen Mitteln verteidigen. Natürlich verstand er, dass Therese und mit ihr ganz Maierhofen auf eine wohlwollende Berichterstattung in der Presse angewiesen waren, aber das bedeutete noch lange nicht, dass er die Presse an Heiligabend in seinem Haus beherbergte! Denn heimatlos wie einst Maria und Josef war die Journalistin gewiss nicht.

Bei Heidi Hutter angekommen, tippte er ihr auf die Schulter. »Ah, der Starkoch höchstpersönlich«, sagte sie mit glühweingeschwängertem Atem. Die Frauen, die Heidi Hutter umringt hatten und andächtig jedem ihrer Worte lauschten, schauten interessiert zu ihm herüber. Heidi Hutter war bei den Leserinnen der einschlägigen Lifestyle-Magazine eine Ikone! Wenn sie jemanden als »Starkoch« betitelte, dann wurde es spannend …

Sam verzog das Gesicht. Genau diese Art von Aufmerksamkeit brauchte er nun wirklich nicht. Er lächelte mühsam. »Ich habe gehört, dass Sie bei meiner Lebensgefährtin wegen eines Zimmers über die Feiertage angefragt haben…« Bevor sie antworten konnte, fuhr Sam fort: »Es freut uns sehr, dass unser Haus Ihnen zusagt, aber es ist doch so: Jeder Mensch braucht seine Privatsphäre. Und seine Auszeiten! Die Wochen vor Weihnachten sind in der Gastronomie sehr anstrengend, jeder Tisch ist Tag für Tag doppelt belegt. Umso wichtiger ist es, einmal zwei Wochen lang komplett ausspannen zu können. Wir haben über Weihnachten und Neujahr zu, das verstehen Sie doch sicher?« Sein letzter Satz hatte einen leicht drohenden Unterton.

»Und ob ich das verstehe«, antwortete die Zeitungsredakteurin eifrig. »Ich kann Ihre Entscheidung, Ihren Betrieb für zwei Wochen zu schließen, nur loben! So ist wirklich absolute Ruhe gewährleistet. Und genau das brauche ich auch. Auch bei uns Zeitungsleuten sind die letzten Wochen des Jahres immer die stressigsten. Plötzlich fällt allen ein, was sie das Jahr über versäumt haben, und dann wird es hektisch…«

Die Heidi-Hutter-Bewunderinnen lauschten jedem Wort andächtig.

Bewunderung hin oder her – Sam war froh, dass die Redakteurin sich so verständig zeigte. Wenn er ehrlich war, hatte er mit mehr Widerspruch gerechnet.

»Dann sind wir uns also einig?«, fragte er vorsichtshalber trotzdem noch mal nach.

»Absolut einig!«, sagte Heidi Hutter und hielt ihm die rechte Hand hin.

»Und – wie ist es gelaufen?«, wollte Therese von ihm wissen, kaum dass er den Stand der Goldenen Rose erreicht hatte.

»Alles easy«, erwiderte er grinsend und freute sich an Thereses offensichtlichem Aufatmen. »Du musst nur den Richtigen ranlassen…« Er küsste sie innig.

9. Kapitel

Am Montag nach dem dritten Advent war es, als hätte jemand einen unsichtbaren Schalter umgelegt. War die Stimmung am Vortag noch erfüllt gewesen von Feierlaune, einer gewissen Gemächlichkeit und dem entspannten Gefühl, bis zu den Feiertagen noch alle Zeit der Welt zu haben, hatte nun die Vorweihnachtshektik die Menschen im Griff. Das Geschenk für Tante Käthe fehlte! Und die Zutaten fürs Weihnachtsdessert! Wer noch keinen Baum hatte, beeilte sich, noch einen einigermaßen gerade gewachsenen zu bekommen. Wer schon einen besaß, überlegte, ob er ihn bereits schmücken sollte. Kinder wurden quengelig, Mütter ungeduldig, und die Verkäuferinnen in den Geschäften seufzten müde auf. Zumindest die meisten.

Das rote oder das blaue Dirndl? Prüfend hielt Rosi beide Ensembles vor sich. Das rote, entschied sie beim Blick in den Spiegel, schließlich war Weihnachten. Wie immer, wenn sie eins ihrer Dirndl anzog, stieg ihre Laune sogleich an. Zu Hause, bei der Arbeit auf dem Hof, am Chipskessel oder in Edys Lager trug sie stets Jeans oder praktische

Latzhosen. Zum Ausgehen kamen sie selten, von daher waren ihre Stunden im Genießerladen die einzige Gelegenheit für sie, ein hübsches Kleid oder ein Dirndl zu tragen. Es war seltsam, dachte Rosi, während sie das Dirndlmieder zuschnürte, eigentlich hatte sie ja wahrlich Arbeit genug, aber statt den Freiwilligendienst als zusätzliche Belastung zu empfinden, war er eher Entspannung für sie.

Als sie mit den Kesselchips begonnen hatte, hatte sie kurz überlegt, ob sie mit der Arbeit im Laden aufhören sollte, aber solch eine Kooperative lebte nun mal von den Freiwilligen! Außer ihr arbeiteten noch etliche andere Maierhofener mit, und allen machte es Spaß.

Strümpfe oder Strumpfhosen? Roswitha entschied sich für Strümpfe, auch wenn sie dann ein bisschen frieren würde. Aber sie fühlte sich einfach weiblicher und besser darin. Früher hatte sie so gut wie gar nicht auf ihr Aussehen geachtet, wozu auch? Die Kartoffeln auf dem Acker hatten zwar auch Augen, aber nicht für sie. Doch seit sie mit Edy zusammen war, hatte sie ihre Weiblichkeit neu entdeckt. Sie wusch ihre Haare öfter, gönnte sich ab und zu einen Lippenstift, und sonntags lackierte sie sich sogar ihre Nägel. Hübsch siehst du aus!, dachte Rosi bei einem letzten Blick in den Spiegel. Dass sie sich so gut fühlte, war eigentlich ein Wunder, denn bis zu dem Moment, als sie sich in ihr Schlafzimmer zurückgezogen hatte, um sich herzurichten, hatte sie keine ruhige Minute gehabt. Ständig hatten ihr Vater oder ihre Mutter was von ihr gewollt. Das Telefon hatte unablässig geklingelt – meist waren es Anrufe für Edy gewesen. Zu guter Letzt war Mutter noch ein Senfglas heruntergefallen, und sie, Rosi, hatte die Bescherung aufputzen können. Eigentlich hatte sie vorgehabt, einen Kessel Chips zu kochen, um sie als Kostprobe im Genießerladen anzubieten, aber daraus war wieder einmal nichts geworden.

»Ich gehe dann!«, rief sie im Hausflur, aber niemand hörte sie. Sie runzelte die Stirn. Normalerweise gefiel es ihren Eltern gar nicht, wenn sie ohne sie das Haus verließ und nur Edy zurückblieb. Wie kleinen Kindern fielen ihnen dann noch tausend Sachen ein, die sie, Rosi, für sie erledigen konnte. Der Mutter einen Faden einfädeln, damit sie Socken stopfen konnte. Dem Vater die Schuhe zubinden. Das Teenetz befüllen – »du weißt doch, Kind, wie sehr meine Hände zittern.«

In Edys Büro, das er sich in Karls altem Kinderzimmer eingerichtet hatte, brannte Licht.

»Edy, sind die Eltern bei dir?«, rief Rosi, bekam aber keine Antwort. Im selben Moment hörte sie, wie unten im Keller in der Werkstatt die Bohrmaschine angestellt wurde. Rosi runzelte die Stirn. Was tat ihr Vater nun schon wieder? Bei der Vorstellung, wie er irgendwelche Bretter durchbohrte, die Mutter ihm hielt, war ihr alles andere als wohl. Außerdem waren beide erkältet, da tat es nicht Not, dass sie sich im kalten Keller herumtrieben!

»Sag mal, Edy, kannst du nicht …«, setzte sie an und wollte in sein Büro stürmen, um ihn zu bitten, ein Auge auf ihre Eltern zu haben. Doch vor der Tür hielt sie abrupt inne, als sie hörte, dass er telefonierte.

»Ja sicher entscheidet auch die gegenseitige Sympathie! Aber zuerst einmal müssen wir uns doch treffen. Wie, keine Zeit? Aber Ludmilla, ich dachte, es klappt noch vor Weihnachten?«

Durch den schmalen Türspalt sah Roswitha, dass Edy sich verzweifelt die Haare raufte.

»Wenn das so ist…« Unmutig starrte er auf die Wand, die mit Tierrechtplakaten übersät war.

Ludmilla? Gegenseitige Sympathie? Roswithas Hände begannen unangenehm zu prickeln. Mit wem zum Teufel telefonierte Edy da? Ihr war auf einmal so schwindlig, dass sie sich am Türrahmen festhalten musste.

»Aber ich will nicht bis zum neuen Jahr warten! Ich habe dir doch ausführlich erklärt, wie es bei uns daheim aussieht. Ich brauche eine Frau, und zwar dringend!«

Rosi zuckte zusammen, als hätte ihr jemand eine schallende Ohrfeige verpasst. Vergessen waren ihre Eltern. Vergessen auch der Abschiedskuss, den sie Edy sonst immer gab. Eilig lief sie davon.

Leise ein Weihnachtslied vor sich hin summend, stand Christine an der Kochplatte und rührte den heißen Kakao um, damit er keine Haut ansetzte. Er duftete verführerisch nach Schokolade und einer Prise Zimt. Sie wollte jeden Kunden, der heute hereinschneite, mit einem kleinen Becher Kakao und Maierhofener Nusskeksen verwöhnen, hatte sie sich vorgenommen. Roswitha, die mit ihr zum Arbeitsdienst eingeteilt worden war, hatte anscheinend nichts Derartiges geplant. Aber genau das war ja das Schöne am Genießerladen, dachte Christine, während sie die ersten zwei Becher ausschenkte. Jeder, der hier mitmachte, konnte sich kreativ einbringen, wie es ihm gefiel, solange das Gesamtkonzept des Ladens – heimische Produkte in wertiger Atmosphäre zu verkaufen – erhalten blieb.

»Zahlen bitte«, ertönte es im selben Moment, und eine Frau, die Christine noch nie gesehen hatte, hielt ihr einen Korb mit Marmelade, Öl aus der nahegelegenen Ölmühle, Badebomben und Dosenwurst hin.

»Soll ich etwas davon als Geschenk einpacken?«, fragte Christine lächelnd. Einpacken gehörte zu ihren Lieblingstätigkeiten. Eine Schleife, ein Sternchen, ein Zweiglein Tannengrün zur Verzierung – da war sie in ihrem Element! Doch die Frau verneinte, sie wollte mit den Feinkostwaren zu Hause einen Geschenkekorb zusammenstellen.

Der nächste Kunde kaufte sechs Tüten Maierhofener Nusskekse, die inzwischen hauptberuflich von einer jungen Frau gebacken und dem Laden geliefert wurden.

Dann kam ein älterer Herr, der meinte, dass er sich nur umschauen wollte. Am Ende ging er mit einer großen Tüte voller Feinschmeckerwaren wieder hinaus.

Christine strahlte. Es erstaunte sie selbst, wie viele Kunden so kurz vor Weihnachten noch die Zeit fanden, von der Autobahn abzubiegen, um einen Abstecher nach Maierhofen zu machen. Ob sich herumgesprochen hatte, wie schön sie den Laden geschmückt hatten? Mit Tannenzapfen und ganzen Büscheln Tannengrün. Und ins Schaufenster hatten sie eine riesengroße, kunstvoll ausstaffierte Krippe gestellt, die der alte Otto drei Häuser weiter ihnen für die Weihnachtszeit ausgeliehen hatte. Allein die Krippe war schon ein Anziehungspunkt! Selbst beim gestrigen Weihnachtsmarkt, wo es weiß Gott genug zu sehen gegeben hatte, waren die Leute vor dem Schaufenster des Genießerladens stehen geblieben, um die filigran geschnitzten Figuren und die Detailvielfalt zu bewundern.

»Wollen Sie nun die Lebkuchen oder nicht?«, fuhr Roswitha neben ihr eine Kundin an.

Christine zuckte zusammen. Du meine Güte, was war nur mit Roswitha los?, fragte sie sich nicht zum ersten Mal an diesem Tag. Normalerweise lebte die Kartoffelbäuerin regelrecht auf, sobald sie hinter der Theke des Genießerladens stand, und Christine machte die Zusammenarbeit mit ihr besonders viel Spaß. Doch heute war Roswitha entweder schweigsam oder eben ruppig.

»Welche Laus ist dir denn über die Leber gelaufen?«, fragte sie, kaum dass die Kundin mit den Lebkuchen den Laden verlassen hatte.

»Wie kommst du darauf, dass mir eine Laus über die Leber gelaufen ist?«, kam es barsch zurück. »Manche Leute können sich einfach nicht entscheiden, das nervt mich halt. Als ob unsereiner die Zeit gestohlen hat.«

Christine reichte Rosi einen Becher Schokolade. »Du hast noch gar nicht probiert«, sagte sie.

Den Mund verziehend, als sei es ihr lästig, trank Rosi einen Schluck. Und noch einen. Beide Hände um den Becher gelegt, trank sie dann den Becher leer. Ihre Gesichtszüge wurden weich, sie rang sich ein Lächeln ab.

»Tut mir leid, dass ich vorhin so ruppig war. Es nervt mich ja selbst, dass ihr immer ausbaden müsst, wenn mir daheim mal wieder alles zu viel wird.«

Christine nickte mitfühlend. Sie wusste um die Situation bei Roswitha zu Hause und konnte die Kartoffelbäuerin nur dafür bewundern, wie gut sie dennoch alles unter einen Hut brachte.

»Der Weihnachtsstress…«, sagte sie seufzend, als würde das alles erklären.

Rosi winkte ab. »Nicht nur der. Mutter ist erkältet, ich muss den ganzen Tag nach ihr schauen, Tee kochen, ihren Rücken einreiben, frische Taschentücher bringen und die benutzten wegtun. Sie ist weinerlich wie ein Kind. Und Vater verbringt derweil den halben Tag im Keller in der Werkstatt, statt mir ein bisschen unter die Arme zu greifen. Ich habe ständig Angst, dass er sich mit der Axt die Hand abhackt oder sonst einen Unfall provoziert. Dabei wäre es gerade jetzt so wichtig, dass ich mehr Zeit für mich hätte! Ich habe eine Anfrage bekommen, ob ich meine Chips nicht in einem Internetshop vertreiben will. Als ob das eine Frage des Wollens wäre!« Rosi schnaubte. »Ich würde es natürlich wollen, aber wie soll ich das alles schaffen?« Hilflos ließ sie sich auf den Schemel hinter der Theke plumpsen, und ihre Schultern sackten nach vorn. »Da hat man endlich mal was Eigenes, und dann klappt es trotzdem nicht…«

Christine runzelte die Stirn. Und sie saß in ihrem Haus und langweilte sich oft. Ein Anflug von schlechtem Gewissen überfiel sie.

»Kann ich dir irgendwie helfen?«, fragte sie vorsichtig. Bei der Vorstellung, sich um Rosis Eltern zu kümmern, war ihr nicht ganz wohl. Um ihre alte Nachbarin Luise Stetter kümmerte sie sich zwar auch, aber Luise war auch noch nicht so verwirrt wie Rosis Eltern. Ob sie das überhaupt hinbekommen würde?

Zu Christines Erleichterung wiegelte Rosi sogleich ab. »Du liebe Güte, so war das nicht gemeint! Du kennst mich doch, ich jammere halt gern. Eigentlich ist ja alles auch nur halb so schlimm.«

Obwohl Christine wusste, dass beide Aussagen nicht stimmten – Rosi war wirklich keine, die gern jammerte! –, ließ sie sich darauf ein. »Und was sagt Edy zu allem? Kann er dir nicht ein bisschen mehr unter die Arme greifen?«

»Edy …« Rosis Miene verdüsterte sich. »Der hat doch selbst genug zu tun. Außerdem …« Sie brach ab, als die Ladentür aufging und eine ganze Gruppe junger Frauen hereinschneite.

Christine lächelte Rosi verschwörerisch zu und flüsterte: »Auf in den Kampf! Wir verkaufen jetzt die Regale leer, okay?«

10. Kapitel

Geschenke für die beste Freundin. Für die Mama und die Schwiegermutter. Geschenke für die Kosmetikerin und die Kindergärtnerin. Geschenke für die Nachbarin, die immer Blumen goss, und auch eins für die Putzhilfe – Rosi und Christine hatten alle Hände voll zu tun, um sämtlichen Wünschen der Frauen nachzukommen. Der Kakaotopf war leer, der Keksteller war leer, dafür aber war die Kasse voll, als die Damen unter frohem Gelächter den Laden mit prallgefüllten Papiertüten verließen.

Therese, die im selben Moment hereinkam, schaute grinsend von einer zur anderen. »Was war denn das?«

»Eine Clique Frauen, die zu einem Wellnesswochenende in Kempten waren und auf dem Heimweg bei uns vorbeigeschaut haben«, erwiderte Christine.

»So einen Umsatz bräuchten wir jeden Tag«, fügte Rosi lächelnd hinzu. Ihre Laune hatte sich erheblich gebessert. Die gute Stimmung, die die Kundinnen verbreitet hatten, war einfach ansteckend gewesen!

»Für euren Umsatz kann ich auch sorgen«, sagte Therese und schaute sich ein wenig gehetzt um. »Sam weiß noch nichts von seinem Glück, aber ich habe vor, an

Weihnachten für uns zwei zu kochen. Er steht ja das ganze Jahr in der Küche, an den Feiertagen soll er mal richtig ausspannen. Ich hoffe, meine Hausmannskost schmeckt ihm.« Sie verzog skeptisch das Gesicht. »Und wenn nicht… Zur Sicherheit nehme ich ein paar Dosen von Edys Vildpastete mit, dazu ein Chutney, dann von den eingelegten Maronen und Zwiebeln, und…«

Während Christine sich beeilte, die gewünschten Gläser und Dosen aus dem Regal zu holen, sammelte Rosi die Kakaobecher ein, die die Frauen überall im Laden hatten stehen lassen.

»Da hast du dir ja einiges vorgenommen«, sagte Christine, als die Feinkostwaren auf der Theke standen. »Aber ich lasse mich auch nicht lumpen! Für meine Mädchen nur das Beste. Ich habe eine ganze Seite geräucherten Lachs zu Hause, morgen hole ich den bestellten Truthahn ab, einen von Edys veganen Braten habe ich auch schon, falls Steffi noch immer auf dem vegetarischen Trip ist. Dazu gibt's selbst gemachte Semmelknödel, Spätzle, Rohkostsalate und Rotkraut, eine gute Flädlesuppe vorneweg, ach…« – Christine seufzte selig – »den beiden soll es an nichts fehlen. Im Leben einer Studentin stehen Kochen und Essen immer an letzter Stelle, die beiden haben ja so viel zu tun… Aber bei der Mama werden sie verwöhnt!«

Rosi hob unmerklich die Brauen. Sie kannte Christines Töchter nur vom Sehen und von kurzen Begegnungen in der Stadt. Ihr Eindruck von den beiden war nicht der beste, ihr kamen die jungen Frauen verwöhnt und arrogant vor. Ein bisschen wie ihre eigene Schwester Sophie.

Hoffentlich würden sie die Anstrengungen ihrer Mutter überhaupt zu schätzen wissen.

»Junge Mädchen sind doch immer sehr auf ihre Linie bedacht, hoffentlich machst du dir nicht zu viel Mühe?«, sagte Therese und klang dabei ebenfalls besorgt.

Doch Christines Augen leuchteten voller Vorfreude. »Das Wort Diät will ich in den nächsten zwei Wochen nicht hören. Man wird zwischen Neujahr und Weihnachten dick und nicht umgekehrt! Weihnachten ist zum Genießen da. Und wo wir gerade dabei sind …« Sie griff nach einer kupferfarbenen Packung Pralinen in Form von kleinen Gugelhupfen. »Die passen gut zu einer Tasse Mokka«, sagte sie lächelnd.

»Wann kommen Steffi und Sybille eigentlich?«, fragte Therese. »Du weißt ja, wir müssen noch das Kräutersalz für Sam fertig machen. Wenn deine Kinder da sind, will ich euch nicht mehr stören.«

»Warum kommst du nicht gleich nachher? Um kurz nach sechs, wenn wir den Laden schließen? Wir müssen das Salz doch nur noch abfüllen und die Gläser ein wenig verzieren. Zu deiner anderen Frage: Wann Steffi und Sybille genau kommen, weiß ich immer noch nicht«, erwiderte Christine stirnrunzelnd. »›Ruf Steffi an, die soll es dir sagen‹, bekomme ich von Sybille zu hören, wenn ich sie anrufe. ›Nein, ruf Sybille an, die soll es dir sagen‹, fordert umgekehrt Steffi bei jedem Telefonat. Ich weiß gar nicht, warum sie so viel Wert darauf legen, dass sie zum haargenau gleichen Zeitpunkt ankommen! Um so etwas haben sie sich früher doch auch nicht geschert.«

»Eine Weihnachtsüberraschung vielleicht?«, sagte Therese und klang nicht sehr überzeugend dabei.

Christine seufzte. »Ehrlich gesagt, geht mir dieses Herumdrucksen langsam ein wenig auf den Wecker. Aber so sind die jungen Leute halt! Tausend Dates, und nirgendwo sagen sie zu, weil ja noch was Besseres kommen könnte. Immer schön unverbindlich bleiben. In der Beziehung sind sie wirklich wie ihr Vater.« Sie zuckte mit den Schultern, aber um ihre Mundwinkel zeigte sich ein bitterer Zug. »Na ja, solange sie bis Heiligabend da sind, ist mir alles egal.«

Rosi biss sich auf die Unterlippe. In ihren Augen war Christine viel zu langmütig. Was die Töchter brauchten, war eine genaue Ansage nach dem Motto: Am 23. seid ihr zu Hause und helft mir mit diesem oder jenem, Punkt! Sie überlegte noch, ob sie sich die Freiheit nehmen sollte, das zu sagen, als die Tür des Genießerladens erneut aufging.

Mit roten Wangen und einem Kochbuch unterm Arm stürmte Greta herein. Verzweifelt schaute sie in die Runde. »Kann mir mal bitte jemand sagen, wo ich jetzt im Winter Beifuß herbekommen soll? Ich war schon im Edeka in der Stadt und auch draußen in der Gärtnerei, vergeblich! Dabei steht in meinem Gänsebratenrezept, dass es ohne das Kraut nicht geht.«

Noch während Greta sprach, zog Christine ein kleines Glas aus dem Regal mit den Kräutersalzen. »Hier, mein Gänsebratenkräutersalz. Beifuß, frisch gemahlener schwarzer Pfeffer, Wacholderbeeren und ein Hauch Thymian.«

»Danke! Du bist meine Rettung.« Greta drückte Christine so heftig an sich, dass diese fast das Gleichgewicht verlor.

»Wohin ist denn dein Vince heute in aller Frühe aufgebrochen?«, fragte Rosi grinsend. »Ich habe ihn am Franzenhof vorbeifahren sehen.«

»Wahrscheinlich in den Wald zum Holzmachen?«, sagte Greta, die andächtig die Zutatenliste von Christines Kräutersalz las.

Rosi runzelte die Stirn. »Hinter unserem Hof gibt es keinen Wald. Der Weg führt lediglich zu zwei Bauernhöfen. Einer gehört dem alten Zweigerl-Bauer. Sein Hof ist noch heruntergekommener als meiner, der Adolf Zweigerl könnte deinen Vince sicher wochenlang beschäftigen!« Sie lachte auf. »Aber Geld, um was machen zu lassen, hat der gewiss nicht. Ja, und dann gibt's da nur noch den alten Schutterhof. Ihr wisst schon, der Hof, den die zwei jungen Frauen übernommen haben.«

Dass sie jemals wieder Nachbarn bekommen würde, hätte Rosi im Leben nicht geglaubt. Jahrelang hatte der alte Hof nach dem Tod des letzten Bauern leer gestanden. Im Sommer trieben sich manchmal Jugendliche dort herum und feierten in der Scheune Partys, die Musik war bis zum Franzenhof zu hören gewesen. Rosi hatte immer ein wenig Angst gehabt, dass jemand durch eine weggeworfene Kippe einen Brand verursachen würde. Vorsorglich hatte sie die Nummer der freiwilligen Feuerwehr an die Kühlschrankwand geklebt, falls sie eines Tages Rauchschwaden aufsteigen sehen würde. Doch dann, von einem Tag auf den anderen, waren zwei Frauen aufgetaucht und hatten sich für den Hof interessiert. Sie waren zuvor auf dem Genießerfest gewesen und hatten bei einem anschließenden Spaziergang den Hof entdeckt. Kurz darauf waren sie wieder erschienen, mit dem Kaufvertrag in der Hand. Als Rosi gesehen hatte, dass ein Umzugswagen vorfuhr, war sie hinüberspaziert und hatte sich als Nachbarin vorgestellt. Gemeinsam mit den Männern des Umzugsunternehmens waren die Neuen dabei gewesen, Möbel und Kisten ins Haus zu schleppen. Patente Frauen! Viel Zeit zum Plaudern hatten sie nicht gehabt, man vereinbarte, sich zu einem späteren Zeitpunkt auf eine Tasse Kaffee zu treffen. Bisher war es nicht dazu gekommen. Eine Hundepension wollten die beiden Frauen aufmachen, oder eine Hundeschule, so genau wusste Rosi das nicht mehr. Aber mit Hunden war es bestimmt etwas, denn seitdem war frühmorgens Hundegebell bis zum Franzenhof zu hören.

»Vincent war auf dem Schutterhof?« Gretas Miene war eine Mischung aus Sorge, Schreck und Unmut.

»Vielleicht war es auch gar nicht Vincent, sondern einer seiner Männer«, sagte Rosi eilig. »Oder es war sogar ein ganz anderes Auto, im Halbdunkel habe ich es eigentlich gar nicht richtig gesehen.«

Gretas Miene blieb besorgt.

Mist, warum habe ich überhaupt etwas gesagt?, ärgerte sich Rosi. Jetzt grübelte Greta womöglich den ganzen Tag herum, was es mit Vincents geheimnisvollem Ausflug auf sich hatte.

Sie wusste nicht, ob der Gedanke, dass auch andere Männer Geheimnisse hatten, sie nun beruhigen oder ängstigen sollte.

Nachdem sie Edys Telefonat belauscht hatte, war sie aus dem Haus gerannt, als sei der Leibhaftige hinter ihr her. Edy und eine andere Frau? Der Gedanke tat so weh, als würde ihr jemand mit einem Messer im Herzen herumbohren. Sie hatte schon im Auto gesessen, den Zündschlüssel schon umgedreht, als sie es sich noch einmal anders überlegte. Edy betrog sie? Nicht mit ihr! Wütend und ängstlich zugleich war sie wieder ins Haus zurück. Ohne anzuklopfen, war sie in sein Büro gestürmt und hatte ihn zur Rede gestellt.

Ganz erschrocken hatte er dreingeschaut, die Augen weit aufgerissen, und gesagt, alles sei rein geschäftlich. Er habe mit einer Agentur zur Vermittlung von Zeitarbeitskräften gesprochen. Die Chefin dieser Agentur habe er zufällig bei seinem letzten Besuch beim Arbeitsamt kennengelernt, Ludmilla heiße sie. Er bemühe sich um eine Aushilfskraft für die Frühjahrsmesse am Bodensee, die Sache würde sich jedoch schwierig gestalten. Zeitarbeitskräfte waren gefragter als je zuvor. Aber er wolle am Ball bleiben, denn, wie es aussah, würde sie, Rosi, ihm ja nicht zur Seite stehen können, wegen ihrer Eltern und so...

Der letzte Satz hatte Rosi ein schlechtes Gewissen verpasst. Eine große Hilfe war sie Edy wirklich nicht.

»Wie kannst du nur glauben, ich würde privat mit einer anderen telefonieren?«, hatte er gesagt, und einen Moment lang hatte es so ausgesehen, als würde er zu weinen beginnen. »Ich liebe dich doch über alles.«

Halbwegs beruhigt, war sie danach abgezogen. Und geschämt hatte sie sich ob ihres Verdachts. Edy und eine andere Frau – der Gedanke war doch wirklich sehr abwegig, oder?

Genau so abwegig wie der Gedanke, dass Vincent Greta betrog, dachte sie nun, als sie Gretas Miene sah.

Oder doch nicht? Auf einmal wusste sie nicht mehr, was sie denken sollte, alles war so kompliziert. So gern sie ihre Zweifel bezüglich Edys Treue auch ad acta gelegt hätte – es gelang ihr nicht ganz.

Eilig lenkte sie das Gespräch auf ein anderes Thema: »Ihr habt es gut! Ihr plant schon euer Weihnachtsessen, ich hingegen habe noch nicht mal Geschenke für meine Leute. Eigentlich wollte ich letzten Donnerstag in die Stadt fahren, stattdessen musste ich mit Vater zum Arzt. Die nächsten zwei Tage sind auch schon voll mit Arbeit, Terminen und diesem und jenem. Wenn nicht noch ein Wunder geschieht, wird bei uns unterm Baum Ebbe herrschen.«

Die anderen Frauen tauschten einen Blick. Therese und Christine murmelten leise miteinander, dann nickten sie unmerklich.

»Wunder geschehen immer dann, wenn man am wenigsten mit ihnen rechnet«, sagte Therese bedeutungsvoll.

Bevor Roswitha wusste, wie ihr geschah, schnappte Christine ihre rechte Hand und sagte: »Wir zwei gehen jetzt los und kaufen deine Geschenke! In die Stadt brauchst du dafür nicht zu fahren, Jessy hat einen tollen Winterlikör aus Äpfeln und Quitten, der wäre was für Edy. Und bei Elektro Scholz habe ich was ganz Nettes für deine Mama gesehen. Bestimmt finden wir für deinen Vater auch noch was!«

Überrumpelt blieb Roswitha nichts anderes übrig, als ihren Mantel zu schnappen und Christine lachend zu folgen. Beim Hinausgehen hörte sie noch, wie Greta fröhlich zu Therese sagte: »Wie es aussieht, sind wir zwei spontan zum Ladendienst eingeteilt worden.«

Roswitha hatte auf einmal einen Kloß im Hals. Dafür waren Freunde da …

11. Kapitel

»Bei dir ist alles so schön«, sagte Therese andächtig, während sie sich in Christines offenem Wohnesszimmer umschaute. Auf dem großen Sofa vor dem Kamin luden Kissen aus weihnachtlichen Gobelinstoffen und eine dunkelgrüne Wolldecke zum Kuscheln ein. Auf dem Wohnzimmertisch stand eine Glasschale mit Deckel – der Deckel war den gefräßigen Labradorhunden geschuldet –, randvoll mit selbst gebackenen Keksen gefüllt. Neben der Keksschale lag ein Stapel mit den neuesten Zeitschriften. Wäre Sam nicht gewesen, hätte Therese keine Mühe gehabt, sich vorzustellen, die Feiertage hier auf Christines Sofa zu verbringen! Lesen, essen, sich unter die Decke kuscheln … was brauchte man mehr?

Christine lächelte. »Meine Mädchen sollen es behaglich haben, dieses Jahr will ich alles noch schöner machen als sonst. Es wird so schon schwer genug werden …« Ihre Miene verdüsterte sich.

Einen Moment lang hatte Therese Angst, ihre beste Freundin würde anfangen zu weinen. »Das erste Weihnachten ohne Herbert«, sagte sie. »Das ist sicher nicht einfach für dich.«

»Weißt du, was das Schlimme ist?«, sagte Christine und schaute verloren drein. »Dass ich nie im Leben daran gedacht habe, jemals in so eine Situation zu kommen. Herbert und ich – das war in meinen Augen eine feste Institution. In guten wie in schlechten Zeiten – daran habe ich geglaubt. Ich war ganz schön naiv…« Christine zuckte mit den Schultern. »Und als ob es nicht reichen würde, dass ich meinen Mann verloren habe, habe ich außerdem noch mein ganzes Leben verloren!«

Therese runzelte die Stirn. War das nicht ein bisschen überdramatisiert? »Wie meinst du das?«

»Na ja, nichts ist mehr, wie es war. In früheren Jahren hatten wir in den Adventswochen mehrmals Gäste. Meist waren es Geschäftsfreunde von Herbert oder Leute aus dem Tennisclub. Ich habe diese Abende sehr genossen, auch wenn das Kochen viel Arbeit machte. Aber es war Leben im Haus. Und die Gäste haben all diesen Aufwand sehr geschätzt!« Sie zeigte auf ihr festlich geschmücktes Wohnzimmer. »Zu einer verlassenen Frau kommt keiner mehr. Wahrscheinlich haben die Männer Angst, es sich mit Herbert zu verscherzen. Und die Frauen fürchten womöglich, ich würde ihnen die Männer ausspannen!« Der letzte Satz klang bitter.

Therese biss sich auf die Unterlippe. So hatte sie das noch gar nicht gesehen. »Pfeif auf den Kerl! Sei froh, dass du ihn los bist!«, lag es ihr auf der Zunge zu sagen, doch ein Trost wäre das für Christine gewiss nicht gewesen. Warum nur wollten ihr in solchen Momenten nie die richtigen Worte einfallen? Statt etwas zu sagen, was womöglich zu barsch klang, stand sie auf und ging zum Kühlschrank.

»Also, ich schätze dein gemütliches Heim auch sehr! Und die Ruhe empfinde ich nach der Hektik bei uns in der Wirtsstube als sehr wohltuend. Wie ich dich kenne, hast du bestimmt eine Flasche Sekt kaltgestellt. Wie wäre es, wenn wir zwei jetzt auf ein schönes Weihnachtsfest anstoßen?«, sagte sie betont munter.

Noch während sie sprach, begann das Telefon zu klingeln.

»Steffi!«, sagte Christine nach einem Blick auf das Display, und ihre Miene hellte sich sogleich auf. »Guten Abend, mein Schatz, dich wollte ich nachher auch noch anrufen«, sagte sie lächelnd ins Telefon.

Therese lächelte ebenfalls. Wenigstens hatte Christine ihre Töchter, dachte sie, während sie das Flaschenregal im Kühlschrank durchsuchte. Winzersekt, sehr gut! Zufrieden nahm sie die Flasche heraus. Sie wollte gerade zwei Gläser aus einer der Vitrinen holen, als sie merkte, dass Christine am Telefon immer leiser wurde.

»Verstehe …«

»Hm …«

»Aber wie …«

»Kurzfristige Entscheidung, aha …«

Fast wie in Zeitlupe stellte Therese die Gläser ab und ging hinüber zum Sofa.

»Nein, das ist kein Problem. Wenn es das ist, was ihr wollt«, sagte Christine gerade. »Aber sicher schaffe ich das!« Sie lachte gekünstelt. »Dann viel Spaß! Und passt auf euch auf …« Wie bei einer Marionette, der man die Fäden durchgeschnitten hatte, sank die Hand mit dem Telefon. Unruhig wuselten die Hunde, die gerade noch tief geschlafen hatten, auf einmal um ihr Frauchen herum. Instinktsicher spürten sie, dass etwas ganz und gar nicht in Ordnung war. Jack, der ältere der beiden Hunde, legte seine Schnauze auf Christines Knie. Wie in Trance begann sie, dem Hund über den Kopf zu streicheln. Ihr Blick war ins Leere gerichtet, alle Farbe aus ihrem Gesicht gewichen, als sie tonlos sagte: »Steffi und Sybille kommen nicht. Sie fliegen mit ihrem Vater nach Aruba.«

»Das glaub ich jetzt nicht!«, platzte Therese heraus. »Zwei Tage vor Weihnachten wagen die es …« Sie brach ab, als sie Christines verzweifelte Miene sah. In diesem Moment wusste sie nicht, was überwog: Mitleid mit Christine oder Wut auf die verwöhnten Gören, die ihrer Mutter das antaten! Dass sie lieber mit ihrem Vater verreisen wollten, statt hier in Maierhofen zu sein – das wussten die beiden doch sicher nicht erst seit gestern! Und wie schäbig war es von Herbert, Christine jetzt auch noch die Töchter abspenstig zu machen?

»Oh Christine«, flüsterte sie und nahm die Freundin fest in den Arm. Christines Schluchzen war das einzige Geräusch, das zu hören war.

Einen langen Moment saßen sie eng umschlungen da, und die Umarmung tat Therese mindestens so gut wie Christine. Dennoch war sie es, die als Erste aus der Starre ausbrach.

»Wenn Plan A nicht funktioniert, ist es an der Zeit, Plan B zu schmieden. Und wenn der auch nicht …« Sie verstummte, als Christine ihr eine Hand auf den linken Arm legte.

»Therese, lass gut sein«, sagte die Freundin leise,

aber wieder einigermaßen gefasst. »Ich will keine Pläne schmieden. Ich brauche jetzt erst mal ein wenig Zeit für mich. Steffis Offenbarung war ein Schock, das gebe ich zu. Aber wer weiß, wofür es gut ist?« Sie bemühte sich um ein Lächeln, doch Therese nahm es ihr nicht ab.

Tonlos fuhr Christine fort: »Vielleicht ist es sogar ganz gut, dass ich Weihnachten mal allein bin. Nach diesem anstrengenden Jahr ist ein bisschen Erholung genau das Richtige für mich. Dann bleibt die Küche eben kalt. Ich werde mit den Hunden spazieren gehen und ...«

Nun war es Therese, die Christine unterbrach. »Nichts da! Mit den Hunden kannst du noch genug spazieren gehen. Am Heiligabend kommst du zu uns, das ist doch klar. Wir werden es uns richtig gemütlich machen und den Abend genießen, auch wenn er ganz anders ist, als du ihn dir ausgemalt hast.«

Doch Christine schüttelte erneut den Kopf. »Ich bleibe daheim«, sagte sie, und Therese spürte, dass damit das letzte Wort gesprochen worden war.

12. Kapitel

Am Heiligen Abend fegte ein so kalter Ostwind übers Land, dass sich manch einer wunderte, was den Wettergott ausgerechnet an diesem Tag so erzürnte. Wollte er alte Sünden auslöschen? Wollte er Platz schaffen für Neues? Oder ging es ihm einfach darum, die Menschen in ihren Häusern zusammenzubringen, und wenn es nur auf der Flucht vor dem schneidenden Wind war? Falls Letzteres der Fall war, dann war ihm das gelungen. Schon gegen zwölf am Mittag waren die Straßen von Maierhofen wie ausgestorben. Die letzten Einkäufe waren gemacht, nun hatten sich die Menschen in ihr Zuhause zurückgezogen, um den Christbaum zu schmücken, zu kochen oder sich auf den Nachmittagsgottesdienst vorzubereiten. Lediglich die Lichterketten in der alten Linde auf dem Marktplatz trotzten dem Wind. Sie wurden dabei so durchgerüttelt, dass ihr Licht hektisch wie in einer Diskothek blinkte.

Gretas Augen glänzten wie die eines Kindes, als sie Arm in Arm mit Vincent vor der großen, prachtvoll geschmückten Tanne in ihrem Wohnzimmer stand. Keiner von ihnen hatte vor dieser Adventszeit auch nur eine einzige Christbaumkugel besessen, in ihrem früheren Frankfurter Leben wäre Greta nie auf die Idee gekommen, für sich allein einen Baum zu schmücken. Und Vincent, der durch seinen Sport von einem Strongman-Wettbewerb zum nächsten gezogen war, besaß ebenfalls keinen Christbaumschmuck. Doch auf dem Maierhofener Weihnachtsmarkt hatten sie eingekauft: kleine weiße Holzsterne, mundgeblasene Christbaumkugeln aus einer kleinen Glasbläserei, handbemalte Nikoläuse und Engel aus dünnem Metall – ihr Geldbeutel war danach leer gewesen. Dafür waren die Papiertüten, in denen sie ihre Einkäufe nach Hause trugen, so prallvoll, dass eine unterwegs gerissen war. Vincent hatte geistesgegenwärtig reagiert und die Tüte aufgefangen, und so war zum Glück nichts kaputtgegangen. Nun schmückte die ganze Pracht die Tanne, die Vincent im Wald eines Freundes hatte schlagen dürfen.

»Für zwei, die mit so etwas keine Erfahrung haben, haben wir das ganz schön gut hinbekommen, was?«, sagte Greta stolz. Im selben Moment wurde ihr bewusst, dass wahrscheinlich nur sie diejenige ohne Erfahrung war.

In einem langen Gespräch hatte Vincent ihr einst erzählt, dass er in Kanada mit einer Frau zusammengelebt hatte. Für ihn war es eine große Liebe gewesen, die Hochzeit war schon geplant, als sie ihn wegen eines Jobs, der sie in eine Großstadt führte, verlassen hatte. Dass sie damit sein Herz brach, war ihr anscheinend nicht so wichtig. Für Vincent war danach der Traum vom Leben in den kanadischen Wäldern ausgeträumt. Ein halbes Jahr später war er zurück nach Deutschland gezogen. Nach Maierhofen, seine

Heimat, wo seine Freunde – Familie hatte er nicht mehr – ihn mit offenen Armen und Herzen aufgenommen hatten.

»Das ist bestimmt der schönste Baum von ganz Maierhofen«, sagte Vincent mit seinem Lachfaltenlächeln, das Greta dahinschmelzen ließ wie am ersten Tag. Er schaute sich in übertriebener Art um und sagte: »Einen Mistelzweig sehe ich nicht – ob das mit dem Küssen unterm Tannenbaum genauso gut funktioniert?«

»Probieren geht über Studieren«, murmelte Greta, während seine Lippen die ihren zu einem innigen Kuss fanden. Sie spürte, wie sich eine wohlige Wärme in ihr ausbreitete. Obwohl sie zwei Köpfe kleiner war als Vincent, versuchte sie, ihn zum Sofa zu bugsieren. Noch ein bisschen kuscheln, oder mehr … Doch Vincent befreite sich resolut aus ihrer Umarmung und sagte sehr unromantisch: »Liebling, die Gans muss in den Ofen!«

Lachend gingen sie in die offene Küche hinüber, die sich ans Wohnzimmer anschloss. Als Greta die nackte Gans sah, die auf einer Porzellanplatte auf ihre Verarbeitung wartete, wurde ihr einen Moment lang etwas elend. War es rechtens, dass ein Tier sein Leben für eine halbe Stunde Gaumenschmaus geben musste? Vor ihrer Maierhofener Zeit hätte sie sich solch eine Frage nie gestellt, aber seit Vincent und sie sich mit Edy, dem veganen Metzger, angefreundet hatten, kamen ihr diese Gedanken immer öfter in den Kopf. Da half es auch nur ein bisschen weiter, dass Vincent ihr mehrfach versichert hatte, welch schönes Leben die Gans bis zu ihrem Tod auf einem nahegelegenen Bauernhof geführt hatte.

Mit etwas Überwindung nahm Greta das kalte Tier hoch und bugsierte es in die Spüle, um es gründlich abzuwaschen, während Vincent Äpfel und Trockenobst für die Füllung kleinschnitt. Nüsse, Brotwürfel, etliche Gewürze und diverse andere Zutaten standen ebenfalls bereit. Die Füllung sei ein Rezept aus Kanada, hatte er ihr zuvor stolz erklärt. Greta hatte die Stirn gerunzelt. Es war doch nicht ausgerechnet ein Rezept von seiner Ex? Doch in Vincents Augen hatte so viel harmlose Begeisterung gelegen, dass Greta nicht nachgefragt hatte, sondern sich von seiner Freude mitreißen ließ.

Eine halbe Stunde später war die Gans gefüllt, gewürzt und dressiert bereit fürs Ofenrohr. Greta war erleichtert. Für die Beilagen – Blaukraut und Semmelknödel – hatte sie von Sam zwei einfache Rezepte bekommen, nun konnte nichts mehr schiefgehen.

»Ist es in Ordnung für dich, wenn ich für zwei Stunden verschwinde?«, fragte Vincent, während er sich die Hände wusch.

Greta nickte. Schon vor ein paar Tagen hatte er angedeutet, dass er am Heiligen Abend wegen einer »Überraschung« nochmals aus dem Haus gehen müsste. Sie konnte sich partout nicht vorstellen, worum es sich handelte. Wollte er einen Baum für sie pflanzen? Oder handelte es sich um eine große Schnitzerei? Dass sein Geschenk irgendwie mit seiner Leidenschaft für die Natur allgemein und Holz im Besonderen zusammenhing, davon war sie fast überzeugt.

»Wenn du bis spätestens um fünf wieder da bist? Ich muss nämlich auch noch kurz weg. Du bist hier nicht der

Einzige mit einer Überraschung«, sagte sie und grinste wie ein Honigkuchenpferd. Wenn Vincent wüsste … O Gott, ihr wurde ganz anders bei dem Gedanken, was sie beide heute noch erwartete.

Während sie die altbackenen Brötchen für die Semmelknödel einweichte, hoffte sie inbrünstig, dass ihr Liebster in Bezug auf ihr Weihnachtsgeschenk nicht längst Lunte gerochen hatte. Seit Rosi erwähnt hatte, ihn in der Nähe der Hundezüchterin gesehen zu haben, war Greta einigermaßen beunruhigt. Der Hund sollte doch *die* Weihnachtsüberraschung für ihn sein!

Vincent liebte Hunde. In Kanada hatte er einen goldfarbenen Labrador gehabt, Butch hatte der Rüde geheißen. Als er nach der Trennung von seiner Lebensgefährtin das Land verließ, musste er Butch bei Nachbarn zurücklassen, da er seine Heimreise nicht direkt nach Deutschland antrat, sondern wegen eines Strongman-Wettbewerbs erst noch nach Dubai flog. Es war vereinbart worden, dass der Hund mit dem nächsten Flugpaten, den er über eine Internetplattform finden konnte, nach Deutschland gelangen würde, die Nachbarn wollten ihn zum Flughafen bringen. Doch dazu sollte es nicht kommen: Butch, ein Ball-Junkie, hatte sich nur zwei Wochen nach Vincents Abreise im wilden Spiel an einem Tennisball verschluckt und war jämmerlich daran erstickt.

Noch heute trauerte Vincent um seinen Hund. Er machte sich Vorwürfe, ihn im Stich gelassen zu haben, auch wenn sein Verstand ihm sagte, dass er zu diesem Zeitpunkt gar keine andere Möglichkeit gehabt hatte.

»Warum hast du dir nicht längst einen neuen Hund zugelegt?«, hatte Greta ihn einmal gefragt. Er hatte ausweichend geantwortet. Zu viel Arbeit. Und dann war da noch sein freiwilliges Engagement für Maierhofen, das ihn ebenfalls viel Zeit kostete. Außerdem sei ihm noch nicht der richtige Vierbeiner über den Weg gelaufen.

Kurz darauf hatte Greta bei einer Kräuterwanderung mit Christine das Schild gesehen, das auf eine Hundezucht in der Nähe von Roswithas Kartoffelhof hinwies. »Tibis of Golden Hills« stand auf dem Schild, darunter war die Silhouette eines langhaarigen Hundes abgebildet gewesen. Nach einem Schäferhund oder Labrador sah die Hundesilhouette nicht aus – was um alles in der Welt war ein Tibi? Nur spaßeshalber war Greta ein paar Wochen später zu dem Hof spaziert, um zu schauen, welche Hunde es dort gab. Sie hatte den Innenhof noch nicht überquert, als ihr drei mittelgroße Hunde mit prachtvollem langem Fell kläffend und schwanzwedelnd entgegengerannt kamen. Alle hatten so freundliche Gesichter und waren so charmant, dass Greta unwillkürlich zu lächeln begann. Was für wunderhübsche Tiere!

»Da fehlt ja nur noch der Knopf im Ohr«, hatte sie zu einer jungen Frau gesagt, die in dem Moment aus dem Haus trat. Die Frau hatte ebenfalls gelächelt und gemeint, dass der Tibet-Terrier trotz seines puppenhaften Aussehens alles andere als ein Sofahund wäre, im Gegenteil: Die Rasse sei einst dafür gezüchtet worden, in den unwegsamen Bergen Tibets die Hirten der Schafherden vor herannahenden Gefahren zu warnen. Wachsam sei die Rasse auch heute noch, wenn auch keine ausgewiesenen Kläffer.

»Gibt es irgendwelche Besonderheiten, die man bei dieser Hunderasse berücksichtigen muss? Oder anders gefragt, muss ich als Mensch besondere Fähigkeiten mitbringen?«, hatte Greta gefragt, die längst auf dem Boden kniete und mit einem der Hunde kuschelte, während sie gleichzeitig Bälle für die zwei anderen warf.

»Die Hunde sind sehr menschenbezogen«, hatte die Züchterin ihr erklärt. »Sie sind am liebsten den ganzen Tag mit ihrem Menschen zusammen. Sie lieben ausgiebige Spaziergänge, stundenlange Wanderungen müssen es dabei aber nicht sein. Was jedoch nicht zu unterschätzen ist, ist die Pflege ihres Haarkleides! Regelmäßiges Bürsten und Besuche beim Hundefrisör, um die Pfoten auszuschneiden, sind Pflicht.«

»Ein Hundefrisör?« Greta runzelte die Stirn. »Ich glaube, so etwas gibt's hier nicht.«

»Meine Freundin ist gelernte Hundefrisörin«, erklärte die Hundezüchterin und fügte hinzu, dass sie den Hof gemeinsam gekauft hatten. »Alle unsere Welpenkäufer dürfen zu uns kommen.«

Greta, die sich längst in die Tiere verliebt hatte, fragte vorsichtig, wie man denn zu einem solchen Hund käme.

Die Frau lachte. »Nun, zuerst einmal müssen wir einen Wurf Welpen haben. Wir haben uns vorgenommen, höchstens zwei Würfe pro Jahr zu züchten, mehr nicht. Aber sie haben Glück, unsere Faye ist vor sechs Wochen Mama von acht prachtvollen Babys geworden. Zwei der Welpen sind noch frei, der Rest ist schon reserviert.«

Greta war daraufhin ganz aufgeregt geworden. Ob sie die Hunde einmal sehen dürfe?

Die Frau nickte vage und stellte Greta dann erst einmal ein paar Fragen: Was sie arbeitete, wie ihre Wohnsituation sei und wie viele Stunden der Hund bei ihr pro Tag allein bleiben müsse.

»Allein bleiben?« Greta hatte gelacht. »Gar nicht! Ich bin selbstständig, der Hund dürfte mich in meine Werbeagentur begleiten. Und zu Kundenterminen käme er natürlich auch mit. Meine Werbeagentur ist in einem Haus direkt am Weiher untergebracht, unsere Gassirunde würde also direkt vor der Haustür beginnen. Sie dürfen gern vorbeikommen und sich alles anschauen.«

»Eine Vor-Ort-Kontrolle ist bei uns sowieso Pflicht«, antwortete die Hundezüchterin selbstbewusst.

Greta nickte. Je länger sie sich mit der Frau unterhielt, desto sicherer war sie sich, dass solch ein Tibet-Terrier der richtige Hund für Vincent war. »Darf ich die Welpen einmal sehen?«, bat sie erneut. Sie durfte.

Die frischgebackene Hundemama und ihre Kinder lebten nicht etwa in einer Scheune, wie Greta vermutet hatte, sondern im Haus, das einfach, aber gemütlich eingerichtet war. Die Hunde waren also vom ersten Tag an das Leben im Haus gewöhnt. Kaum dass Greta sich aufs Sofa gesetzt hatte, wuselten acht agile Hundewelpen um sie und auf ihr herum.

»Dieser kleine Rüde und die Hündin hier sind noch nicht vergeben«, sagte die Züchterin und zeigte auf einen cremefarbenen Hund und einen zweiten, der jedoch schwarze Abzeichen im cremefarbenen Fell hatte.

»Ich nehme beide!«, hätte Greta am liebsten gesagt, so hübsch waren sie. Doch dann entschied sie sich für den

Hund mit den schwarzen Abzeichen. Baileys hieß die Hündin, und sie war mindestens so süß wie der Likör, nach dem sie benannt worden war! Der Rüde hieß Blue Curaçao. Und auch die anderen Wurfgeschwister trugen Namen, die mit einem B anfingen. »Was für eine nette Idee«, sagte Greta zu der Hundezüchterin, doch die hatte ihr erklärt, dass dies üblich sei und der Buchstabe im Alphabet anzeige, um den wievielten Wurf der Zucht es sich handelte.

»Ein Problem haben wir allerdings«, sagte die Züchterin, während Baileys in Gretas Armbeuge eingeschlafen war. »Wir geben unsere Welpen erst im Alter von zehn Wochen ab, dies ist unserer Ansicht nach der beste Zeitpunkt für die Trennung von der Mutter. Das bedeutet in unserem Fall jedoch einen Zeitpunkt direkt vor Weihnachten …«

»Aber das ist doch wundervoll! Ein Hund als Weihnachtsgeschenk!«, rief Greta.

»Genau das wollen wir eigentlich nicht«, sagte die Züchterin düster. »Tiere haben unter dem Tannenbaum nichts verloren. Die meisten davon landen nämlich spätestens zu Beginn der Sommerferien wieder im Tierheim. Bei diesem Wurf werden wir also bei jedem Käufer noch genauer hinschauen als sonst.«

»Tun Sie das«, sagte Greta, während sie verliebt das schlafende kleine Wesen auf ihrem Schoß anschaute. Im Sommer ins Tierheim? Von wegen! Ein Hund würde bei ihr bis ans Ende seines Lebens bleiben dürfen.

Nur Tage später waren beide Hundezüchterinnen bei Greta im Büro zu einer Vorkontrolle erschienen. Das kleine Häuschen am See hatte es ihnen sichtlich angetan. Manche Tibet-Terrier würden das Wasser sehr lieben, Baileys vielleicht auch?, hatte eine der Frauen mit Blick auf den Weiher gemeint. »Das ist übrigens nur mein Büro, ich wohne woanders«, hatte Greta der Frau sagen wollen, doch da war diese schon dabei, die Treppe auf mögliche Gefahren zu inspizieren. Hierhin, in dieses Haus, würden sie einen Hund gern vermitteln, war das Resümee der beiden Frauen am Ende des Besuchs gewesen. Es würde sie sogar besonders freuen, einen ihrer Hunde ganz in der Nähe zu wissen. Falls Greta Fragen hatte, dürfe sie jederzeit auf die Züchterinnen zukommen, doch mit Übergabe des Hundes würde sie ebenfalls eine ganze Liste mit guten Ratschlägen für die Hundehaltung bekommen, hatten sie beruhigend ergänzt.

»Mein zukünftiger Ehemann kennt sich mit Hunden aus«, hatte Greta gesagt und schwungvoll den Übernahmevertrag für die kleine Baileys unterschrieben. In den darauffolgenden Wochen war Greta mehrmals auf dem Hof gewesen, um ihren Hund zu besuchen. Sie konnte es kaum erwarten, Baileys endlich nach Hause zu holen.

Und heute war es endlich so weit, dachte Greta selig. Sie hatten vereinbart, dass Greta den Hund um fünf Uhr am Nachmittag abholen sollte. Von fünf bis sieben würde sie ihn bei Luise Stetter, der alten Dame, die ihr das Häuschen vermietet hatte, lassen. Luise hatte versprochen, den Kleinen zu streicheln und mit ihm zu spielen, um ihn so vom

Abschiedsschmerz abzulenken. Sobald die Gans verspeist war, wollte Greta Baileys dann holen. Dann hatten sie den Rest des Abends Zeit, sich in aller Ruhe um den Hund zu kümmern.

Leine, Körbchen, etliche Dosen Hundefutter – alles hatte Greta heimlich eingekauft und unter ihrem Bett versteckt.

Sie warf der Gans einen ungeduldigen Blick zu. Am liebsten wäre es ihr gewesen, das Festmahl ausfallen zu lassen und den Hund gleich jetzt zu sich zu holen. Aber Vincent hatte darauf bestanden, dass sie eine Gans zubereiteten. Damit verbunden seien schöne Kindheitserinnerungen, hatte er gesagt, und dagegen hatte Greta natürlich nichts einwenden wollen.

Wenigstens hatten sie während der nächsten Tage ausgiebig Zeit für die Kleine, tröstete sie sich. Lange Spaziergänge, Kuschelstunden, vielleicht auch ein paar Sitz- und Platz-Übungen?

Sie, das Stadtkind, hatte sich immer einen Hund gewünscht, aber bei dem unsteten Leben, das ihre Mutter mit ihr geführt hatte, war es nicht möglich gewesen, ein Tier zu halten. Umso mehr hatte sie sich in den Sommern, die sie hier in Maierhofen verbracht hatte, mit dem zotteligen schwarzen Hund angefreundet, der sie und die andern Kinder bei ihren Abenteuern begleitet hatte.

Während sie die Gans, die noch keine Spur brauner geworden war, stirnrunzelnd betrachtete, dankte sie wieder einmal ihrem Schicksal, das es so gut mit ihr gemeint hatte! Statt im Hexenkessel einer Großstadt einsam Weihnachten zu begehen, lebte sie nun im beschaulichen

Maierhofen und hatte eine eigene Werbeagentur. »Stadt – Land – Fluss«, hatte sie diese genannt, und sie fand den Namen mehr als passend. Sie kam aus der Stadt, lebte auf dem Land und alles war im Fluss … Als würde das zum Glück noch nicht reichen, hatte sie, der altgediente Single und Workaholic außerdem noch die große Liebe gefunden. Im Februar wollten Vincent und sie heiraten! Vielleicht würde Baileys ihnen in einem kleinen Körbchen die Ringe apportieren können?, dachte Greta und kicherte.

Da sich bei der Gans nichts Wesentliches tat – Sam hatte gemeint, ein Braten dieser Größe würde mindestens drei Stunden im Ofenrohr brauchen – und da ansonsten alles vorbereitet war, ging Greta ins Wohnzimmer, um Christine anzurufen. Von Therese hatte sie erfahren, dass deren Töchter ihr auf den letzten Drücker abgesagt hatten. Wie Therese war auch Greta stinkwütend auf die beiden egoistischen jungen Frauen.

»Magst du nicht doch zu uns kommen?«, fragte sie ihre Freundin, nachdem sie sich begrüßt hatten. »Die Gans ist für Vince und mich sowieso viel zu groß.«

»Nein, nein, ich freue mich auf einen ruhigen Abend. Ich werde es mir so richtig gemütlich machen«, flötete Christine ein wenig zu schrill.

Greta legte bedrückt auf. So hatte sie auch oft geklungen, wenn mitleidige Freunde sie zum Heiligabend hatten einladen wollen. Heiligabend als Single war einfach nur übel! Das ganze Jahr über war es in Ordnung, Single zu sein, aber an diesem einen Abend …

Aber genau wie sie einst wollte auch Christine kein Mitleid. Das verstand niemand besser als Greta. Dennoch tat ihr die Freundin leid.

Nachdem sie den Tisch gedeckt hatte, ging Greta erneut in die Küche, um einen Blick ins Ofenrohr zu werfen. Es sei wichtig, die Gans so oft wie möglich mit dem eigenen Bratfett zu übergießen, hatte Sam ihr geraten. Aber … welches Bratfett meinte er? Kein Tropfen hatte sich auf dem Boden des Bräters bisher gebildet. Und auch die Gans sah genauso aus wie vor einer Stunde, als Greta sie in den Ofen geschoben hatte. Mit einer dunklen Vorahnung öffnete Greta den Backofen. Und tatsächlich – das Rohr war kalt. Lediglich das Licht brannte. Konsterniert schaute Greta auf die Knöpfe des Ofens. Ober- und Unterhitze, 180 Grad – sie hatte alles richtig eingestellt. War eine Sicherung herausgesprungen? In der Hoffnung auf eine schnelle Lösung ihres Problems ging Greta zum Sicherungskasten im Treppenhaus, als ihr einfiel, dass ja die Glühbirne im Backofen noch funktionierte. Somit konnte es nicht an der Sicherung liegen.

Und nun? Greta biss sich auf die Unterlippe. Den Herd von der Wand wegrücken, um nach irgendwelchen Anschlüssen zu schauen, ging nicht, er war, wie alle anderen Geräte passgenau in die Küchenzeile eingebaut worden. Ausgerechnet heute muss so etwas passieren, ärgerte sie sich und drehte nochmals an den Knöpfen des Herdes, ohne dass sich etwas tat.

Vincent musste kommen, und zwar schnell! Er würde schon wissen, was zu tun war. Resolut zückte sie ihr

Handy, wählte seine Nummer und erreichte seinen Anrufbeantworter. Na prima …

In ihrem kleinen Häuschen, in dem sie ihre Werbeagentur untergebracht hatte, stand zwar auch ein Herd, aber dieser hatte kein Backrohr. Sonst hätte sie die Gans kurzerhand dorthin verfrachtet.

Sie rief Vincent erneut an. Während sich sein Anrufbeantworter meldete, starrte Greta ratlos auf das blasse tote Tier. Ob man es wohl in der Pfanne anbraten konnte? Davon hatte sie allerdings noch nie gehört, außerdem würde es nur in die Pfanne passen, wenn sie es zuvor in viele kleine Stücke schnitt. Gänsegeschnetzeltes, brrr!

Der Elektriker! Bestimmt gab es auch an Weihnachten einen Notdienst. Erleichtert ob ihres Geistesblitzes, begann Greta, nach der Nummer von Elektro Scholz zu suchen.

13. Kapitel

Der Baum war geschmückt und stand, ohne dass es irgendwelche Katastrophen gegeben hatte, in der gewohnten Wohnzimmerecke. Lametta, echte Kerzen und Christbaumkugeln strahlten um die Wette. Unter dem Baum lagen Geschenke, die ihre Eltern unter viel Heimlichtuerei dorthin verfrachtet hatten. Ob Edy auch Geschenke hingelegt hatte, konnte Roswitha mit einem Blick nicht ausmachen. Auch ihre Geschenke, zu denen sie dank Christines Hilfe doch noch gekommen war, lagen hübsch eingepackt unter dem Baum.

Auf einem Tablett auf der alten Anrichte stand eine Flasche Eckes Edelkirsch. Den trank Mutter immer so gern. Vor der Bescherung würde Roswitha allen ein Glas ausschenken. Ein altes Ritual.

Alles war an seinem Platz. Zufrieden lächelnd, zog Roswitha die Wohnzimmertür hinter sich zu, damit der Raum nicht unnötig auskühlte.

Eigentlich war Heiligabend doch nicht so schlimm, dachte sie, als sie in die Küche ging. Es war drei Uhr nachmittags, Edy war im Büro, um letzte Dinge zu erledigen, ihre Eltern hielten dankenswerterweise einen Mittagschlaf, und so hatte sie Zeit, das Abendessen in aller Ruhe vorzubereiten. Es würde einen veganen Braten geben, dazu Kartoffelknödel und Blaukraut, das sie schon am Vortag gekocht hatte. Der Braten musste um sechs in den Ofen, wenn sie nun noch rasch die Kartoffeln für die Knödel aufsetzte, blieb ihr sogar noch Zeit für ein schönes Wannenbad …

»Überraschung!« Eine schrille Stimme und der Geruch von Zigarettenrauch rissen sie abrupt aus ihren wohligen Gedanken.

Roswitha zuckte zusammen. Als sie sah, wer im Türrahmen der Küche stand, bekam sie einen Schock.

»Ihr?« Auf einmal war ihr so schwindlig, dass sie sich am Herd festhalten musste.

»Da schaust du, was?« Bevor Roswitha wusste, wie ihr geschah, versank sie in einer übertriebenen Umarmung und einer ebenso übertriebenen Parfümwolke.

»Frohe Weihnachten, Schwesterherz!« Sophies Stimme tönte so laut in Roswithas Ohr, dass es wehtat.

Hilfesuchend schaute Rosi über Sophies Schulter, doch kein Edy, keine Mutter und kein Vater erschienen, um ihr zu versichern, dass es sich um eine Fata Morgana handelte. Ein Taggespenst, geschuldet dem Vorweihnachtsstress, den Rosi in den letzten Wochen erlitten hatte. Der Anblick ihrer Schwester Sophie und ihres Bruders Karl war mehr als real. Genauso real waren die Berge von Gepäck, die sich neben beiden auf dem Boden türmten. Du lieber Himmel – wollten die zwei hier einziehen? Welches schlimme Schicksal hatte sie in München ereilt? Arbeitslosigkeit? Ein Rauswurf aus der Wohnung? In dem Fall würde Sophie doch nicht grinsen wie ein Honigkuchenpferd, oder?

Mit fliegenden Gedanken versuchte Rosi, sich aus dem schwesterlichen Klammergriff zu befreien. »Was wollt ihr denn hier?«, sagte sie und erschrak darüber, wie unfreundlich sie klang. »Also, ich meine, wie kommt es, dass ihr so plötzlich hier auftaucht?«, versuchte sie es etwas freundlicher, doch sie spürte, wie sich in ihrem Inneren Stacheln aufstellten, die denen von Edys Igeln Konkurrenz hätten machen können. Einfach so am Heiligabend hereinzuplatzen – das war ganz schön dreist.

»Was ist denn das für eine Frage? Euch eine Freude machen wollen wir!«, rief Sophie erstaunt. »Die Eltern werden auch nicht jünger. Da habe ich mir gesagt, Sophie, es ist höchste Zeit, dass du dich daheim mal wieder blicken lässt! Und, ehrlich gesagt …« – sie beugte sich vertraulich näher zu Rosi – »gingen mir die ganzen pompösen Weihnachtsfeiern in den letzten Jahren auch ein wenig auf die Nerven. Dieser ganze Glitzer und Glamour – Himmel, wer braucht das schon?«

Ihre Schwester führte sich auf wie die Schauspielerin eines schlechten Dorftheaters, dachte Rosi mürrisch.

»Ich wollte dich vorher anrufen und vorwarnen, aber Sophie meinte, unser Besuch sollte eine Überraschung sein«, meldete sich nun Karl zum ersten Mal zu Wort. Er lümmelte sich auf die Kücheneckbank, als sei seit seinem Auszug kein Tag vergangen.

»Ein Anruf wäre aber wirklich angebracht gewesen«, sagte Rosi. »Ich bin auf Gäste gar nicht eingestellt.« Wo sollten die beiden schlafen? Hatte sie genug zu essen im

Haus? Der Braten würde reichen, aber das Kraut? Und wie würden die Eltern auf den Spontanbesuch reagieren? Hoffentlich war das alles nicht zu viel für Vaters Herz … Noch immer schaffte sie es nicht, ihre Fassung wiederzuerlangen.

»Gäste?« Sophie schnaubte. »Wir sind doch keine Gäste, sondern Familie! Wegen uns brauchst du dir ganz gewiss keinen Stress zu machen. Wir halten alles ganz unkompliziert, in Ordnung? In München habe ich Stress genug, ich freue mich geradezu auf ein paar Tage ohne großen Aufwand.« Neugierig linste sie in Richtung Herd. »Was riecht denn da so gut? Eine heiße Suppe? Nach der langen Fahrt habe ich einen Bärenhunger!«

»Und dazu ein Brot mit dem guten Speck, den der Vater immer vom Greiners-Josef geholt hat«, sagte Karl.

Roswitha runzelte die Stirn. »Da kochen nur Kartoffeln, und die brauche ich für meine Klöße. Suppe habe ich nicht. Und Speck gibt es schon gar nicht«, fügte sie barsch hinzu. »In diesem Haushalt werden schon lange keine Tiere mehr gegessen, wir leben alle vegan.«

»Ve- was?« Sophie, die sich gerade eine Zigarette anzünden wollte, ließ diese abrupt sinken. »Das glaub ich jetzt nicht! Ihr seid unter die Körnerfresser gegangen? Wo Vater sein Schnitzel und seinen Leberkäs immer so gern mochte?« Sie schüttelte den Kopf. »Das ist ein Scherz, oder? Du willst mich auf den Arm nehmen.« Sie lachte. »Rosi, Rosi … und das zu Weihnachten.«

»Das ist kein Scherz«, sagte Edy, der just in diesem Moment zur Küchentür hereinkam. Er schien die Situation mit einem Blick zu erfassen. Mit zwei großen Schritten war er bei Roswitha und legte beschützend einen Arm um sie.

»Edy, altes Haus! Was machst denn du hier?« Karl, der in der Zeitung vom Vortag herumblätterte, schaute erstaunt auf.

»Ich wohne hier«, antwortet Edy schlicht.

»Du wohnst hier?«, fragte Karl in einem Ton zurück, als hätte Edy verkündet, er sei jetzt Präsident der Vereinigten Staaten.

»Wir sind ein Paar, und das schon seit Längerem«, sagte Roswitha, die aus dem Augenwinkel sah, wie Edy unter Karls kritischem Blick rot anlief.

Die beiden waren im selben Alter, doch viel zu sagen hatten sie sich nie gehabt, im Gegenteil. In Jugendjahren war der schüchterne Edy mit seinen 1,93 Metern Größe und seiner Schlaksigkeit oft dem Gespött von Karl und seinen Motorradkumpanen ausgeliefert gewesen.

Mit funkelnden Augen schaute Rosi ihre Geschwister an. »Würdet ihr euch öfter mal bei den Eltern melden, hättet ihr das längst mitbekommen. Aber außer einer Karte an Weihnachten und einer zum Geburtstag kommt ja von euch nichts. Und wo wir schon dabei sind: Edys Büro ist in deinem alten Zimmer untergebracht«, sagte sie an Karl gewandt. »Du musst also entweder bei Sophie im Zimmer schlafen oder auf dem Sofa.« Eine tolle Wahl – Sophie oder Sofa, dachte sie und hätte beinahe hysterisch aufgelacht.

»Mein altes Zimmer …« Verwirrt schaute Karl von Rosi zu Sophie. »Aber …«

»Was für ein Büro?«, fragte Sophie mit unerwarteter

Schärfe in der Stimme. »Bist du nicht mehr bei deinem Vater angestellt?«

Rosi schnaubte. »Edys Vater ist in Rente, und die Metzgerei führt schon längst ein anderer. Edy ist heutzutage ein selbstständiger Unternehmer und sehr erfolgreich.« Der Stolz in ihrer Stimme war nicht zu überhören. Sie spürte, wie Edy aufmunternd ihre Schulter drückte, und sprach weiter. »Er produziert vegane Wurstalternativen und vertreibt diese über einen Versandhandel. Sein Warenlager ist übrigens auch hier auf dem Hof untergebracht, in der alten Lagerhalle.« Wagt es, dagegen etwas zu sagen!, warnte ihr Blick mit einer solchen Intensität, dass es allem Anschein nach bei ihren Geschwistern ankam. Der Hof gehörte ihr. Hier war sie die Chefin.

Sophie zündete sich nun die Zigarette an, an der sie mit zusammengepressten Lippen saugte, und Karl zuckte mit den Schultern.

»Find ich super«, sagte er gleichgültig, dann schaute er angestrengt auf die Sonderangebote in der Zeitung.

»Jedem das Seine, sag ich immer. Wobei … Ein Festessen ohne Fleisch, das ist doch nichts! Aber wenn einem nichts anderes mehr einfällt, kommt man halt auf solche Ideen«, tönte es von Sophie. Und gleich darauf: »Was ist denn nun mit einem kleinen Snack? Ein Teller Suppe macht doch sicher keine Mühe, oder? Es darf auch ruhig eine Nudelsuppe sein, ganz ohne Fleisch«, fügte sie spöttisch hinzu.

»Ich habe noch Pfannkuchen von gestern übrig, daraus könnte ich eine Flädlesuppe machen«, sagte Rosi gezwungen. Da ging es hin, das gemütliche Wannenbad … Gleichzeitig fragte sie sich, warum sie sich über den Besuch ihrer Geschwister nicht wenigstens ein bisschen freuen konnte.

Jahrelang hatten die beiden sich nicht auf dem Hof blicken lassen. Auch Telefonate gab es so gut wie keine. Wie es den Eltern ging, wie sie, Rosi, mit dem Hof zurechtkam, ob sie in der globalisierten Welt mit dem Anbau von Kartoffeln überhaupt überleben konnte – das alles hatte ihre Geschwister nie wirklich interessiert. Sie lebten ihr Leben in München, und wie dieses aussah, wusste Rosi nicht. Dank der Arbeit auf dem Hof und der Pflege der Eltern war in ihrem Leben kein Platz für Städtetrips. Davon abgesehen hätte Sophie sie auch erst einmal einladen müssen, was sie in all den Jahren nicht getan hatte. Rosi wäre es nie eingefallen, bei einem ihrer Geschwister so einfach hereinzuplatzen, wie Sophie und Karl es nun taten.

»Flädlesuppe? Das ist ein Wort«, sagte Sophie, dann schaute sie sich in übertriebener Art um. »Wo sind eigentlich die Eltern? Die habt ihr doch nicht etwa vom Hof vertrieben, um Platz für Edys Warenlager zu schaffen?« Sie war die Einzige, die über ihren Scherz lachte.

Rosi seufzte. Das konnte ja heiter werden.

»Die Eltern haben sich hingelegt«, sagte sie knapp. »Sie sind in der Tat nicht mehr die Jüngsten, aber das werdet ihr schon noch merken«, ergänzte sie und konnte nichts dagegen tun, dass sich eine gewisse Genugtuung in ihre Stimme schlich. Dass sowohl ihr Vater als auch ihre Mutter schon lange nicht mehr die alten waren, hatten Sophie und Karl in ihrem schönen München noch nicht mitbekommen. Wahrscheinlich gingen sie immer noch davon aus, dass der Vater den Traktor fuhr wie eh und je und die Mutter den Haushalt schmiss, als sei es ein Kinderspiel. Da kam eine schöne Überraschung auf sie zu …

»Ich muss nochmals kurz ins Büro«, flüsterte Edy ihr zu. »Schaffst du das hier allein?«

Rosi nickte. Was blieb ihr auch anderes übrig?

»Und wo schlaf ich nun heute Nacht?«, fragte ihr Bruder.

»In meinem Zimmer nicht, so viel steht fest«, kam es von Sophie wie aus der Pistole geschossen. »Ich brauche meinen Schönheitsschlaf. Bin schließlich zum Ausruhen hierhergekommen und nicht, um mir dein Geschnarche anzuhören.«

»Aber …«, erwiderte Karl. Was folgte, war eine hitzige Diskussion über die diversen Übernachtungsmöglichkeiten.

14. Kapitel

Wie ruhig es hier war, dachte Therese, während sie die letzten Gläser aus der Spülmaschine holte und ins Regal zurückstellte. Das ganze Jahr über wurde in der Goldenen Rose gegessen, gelacht, geplaudert und manchmal auch geweint. Die Maierhofener feierten alles in ihrem Gasthaus, Hochzeiten, Geburten, und auch der Leichenschmaus fand hier statt. Dazu kamen die Fremden, die von weiter her anreisten, um sich von Sam fürstlich bekochen zu lassen.

Doch heute war lediglich das leise Klirren der Gläser zu hören und das Radio, das Sam angemacht hatte, anstatt seine sonst bevorzugten Buddha-Bar-CDs zu hören.

Therese warf einen liebevollen Blick zu Sam hinüber, der am alten Stammtisch saß und die Abrechnung des Vortages erledigte. Wie jeden Tag lag ein dicker Stapel Bons neben ihm. Und wie jeden Tag war Therese froh, dass er ihr diese Aufgabe abnahm. Mit Zahlen hatte sie es noch nie gehabt, selbst mithilfe eines Taschenrechners hatte sie ihre Abrechnungen stets mehrmals wiederholen müssen, weil sie eine Zahl falsch eingetippt hatte oder ihr sonst ein Fehler unterlaufen war. Dennoch hatte sie erst lernen müssen, Aufgaben abzugeben. Nun aber genoss sie es, Teil eines Teams zu sein, in das jeder seine Stärken einbrachte. Dass sie nach all den Jahren als unfreiwilliger Single doch noch mal einen Partner an ihrer Seite haben würde, hätte Therese nie gedacht.

Danke, lieber Gott, betete sie stumm und schaute dabei durchs Fenster in den verhangenen Dezemberhimmel. Obwohl es erst kurz nach vier war, legte sich langsam die Dämmerung über das Dorf. Stille Nacht, Heilige Nacht …

Therese schenkte zwei Becher von dem Früchtetee ein, den sie zuvor gekocht hatte. Aus alter Gewohnheit hatte sie einen Riesentopf zubereitet – während des Gasthausbetriebs nahmen Sam, die Bedienungen und sie sich immer mal wieder eine Tasse. Nun fragte sie sich, wer das alles trinken sollte. Über sich selbst schmunzelnd, ging sie zum Stammtisch hinüber.

»Die letzte Abrechnung für dieses Jahr …« Sie stellte die Teetasse ab und schmiegte sich an Sam.

Er legte einen Arm um sie und sagte in seiner üblichen Bescheidenheit: »Es war ein gutes Jahr.«

Therese nickte. Ein gutes Jahr, in jeder Hinsicht. Ihre Liebe, viele kleine und große Glückmomente, eine tiefe innere Zufriedenheit, dazu das erfolgreiche Genießerfest im Sommer … Dass sie in der Goldenen Rose jeden Abend volles Haus gehabt hatten, war noch das Geringste in ihrer Liste der Erfolge.

Mit einem erleichterten Aufseufzen klappte Sam die Buchhaltungsmappe zu. Dann zündete er sich eine Zigarette an. Normalerweise wurde in der Gaststube nicht geraucht, und Therese war schon versucht, ihn zu bitten, dafür nach draußen zu gehen, doch dann schwieg sie. Das Gasthaus blieb für die nächsten zwei Wochen zu, bis wieder Gäste kamen, war der Zigarettenrauch längst verzogen. Sam konnte rauchen, so viel er wollte!

»Und jetzt?«, sagte Sam und schaute sie ein wenig unsicher an.

Therese lachte. Eine gute Frage! An Freizeit waren sie beide nicht gewöhnt.

»Jetzt sind wir freie Menschen!«, sagte sie. »Wir können tun und lassen, was uns gefällt. Wir können alles und müssen nichts, ist das nicht toll?«

Therese drehte das Radio lauter, in dem gerade das unvermeidliche *Last Christmas* gespielt wurde. Lauthals und nicht ganz richtig sang sie mit.

Sam schob den zuckrig-süßen Tee von sich und rief: »Champagner! Lass uns eine Flasche köpfen. Obwohl, ich bin schon jetzt betrunken vor Glück!« Er küsste sie übermütig.

»Hoffen wir, dass mein Essen genauso prickelnd wird wie der Champagner«, flüsterte Therese ihm ins Ohr. »Ich koche heute nämlich für dich.«

»Du willst… was? Aber ich dachte…« Er zeigte in Richtung Kühlschrank, wo eine Kasserolle mit Gulasch in Glühweinsoße stand. Das Gulasch hatten sie auf der Speisekarte gehabt, Sam hatte vorsorglich eine Portion davon für den Heiligabend beiseitegestellt.

»Nichts da«, sagte Therese. »Du tust heute keinen Handschlag mehr, das ist das erste meiner Geschenke. Du nimmst jetzt ein Bad oder legst dich aufs Sofa und hörst

Musik, und ich mache mich hier ein wenig nützlich. Und dann ... gehört der Abend nur noch uns.«

Sam strahlte über das ganze Gesicht. »Ich habe aber auch eine Überraschung für dich«, sagte er und ging durch die Hintertür in Richtung Biergarten, wo im Sommer die Gäste unter Kastanienbäumen saßen. Therese traute ihren Augen nicht, als er kurz darauf mit einem kleinen Tannenbaum im Arm zurückkam. Er war höchstens einen Meter hoch, aber schön gewachsen und mit lauter roten Herzen geschmückt. Auch eine Lichterkette befand sich darin, das Kabel baumelte an Sams rechtem Knie herab.

»Ein Weihnachtsbaum!« Therese klatschte in die Hände. »So einen habe ich seit Kindertagen nicht mehr gehabt. Oh Sam ...« Im nächsten Moment sackte sie in sich zusammen. »Warum habe *ich* eigentlich nicht daran gedacht?«, sagte sie mit kläglicher Stimme. Auf einmal war ihr zum Heulen zumute, ohne dass sie genau hätte sagen können, warum.

Sam stellte den Baum auf der Küchentheke ab und nahm sie liebevoll in den Arm. »Hey, dass mein Bäumchen dich zum Weinen bringt, war eigentlich nicht der Sinn der Sache. Mir ist das auch erst gestern eingefallen, zum Glück konnte Vincent mir sagen, wo ich auf die Schnelle noch einen Baum bekomme.«

»Sogar Rosi hat ein kleines Bäumchen aufgestellt, hat sie mir erzählt, und das bei all ihrem Stress. Nur ich habe nicht daran gedacht ...«, sagte Therese, noch immer zerknirscht.

Doch Sam lachte nur. »Wir Arbeitstiere müssen das Leben ›normaler‹ Leute halt erst wieder lernen. Aber gemeinsam gelingt uns das!«

Therese nickte. Ihr Blick fiel erneut auf das Bäumchen. Es war klein genug, dass es in ihr winziges Wohnzimmer passte, wo sie den Abend verbringen wollten. Sam hatte wirklich an alles gedacht! Ihre Miene zerfloss vor lauter Liebe.

»Kunden haben wir, das glaubt ihr ja nicht, Kunden! Die wollen nur das Allerfeinste. Eine Dame, sie ist Schauspielerin – ich darf keine Namen nennen, nur so viel – ihr kennt sie alle …« Sophie schaute mit hochgezogenen Brauen bedeutungsschwanger in die Runde. »Die wollte ihr ganzes Wohnzimmer für Heiligabend in Gold ausstaffieren.«

»In Gold?« Maria Franz war sprachlos.

Sophie nickte. »Alles! Christbaumschmuck, Service, Gläser, sogar das Besteck wollte sie in Gold haben. Und dann sagt sie am Ende, als Tischdecke würde sie eine von ihren weißen nehmen!« Sophie schüttelte den Kopf. »›Wissen Sie, wenn Sie schon alles in Gold halten wollen, dann doch auch die Tischdecke!‹, hab ich zu ihr gesagt.« Sophie nahm einen Schluck Kaffee, zog hastig an ihrer Zigarette und versicherte sich mit einem Rundumblick der Aufmerksamkeit ihrer Zuhörer. Dann erst fuhr sie fort: »So! Und nun findet mal eine goldene Tischdecke«, sagte sie herausfordernd. »Die Hacken habe ich mir abgelaufen, im ganzen Kaufhaus! In jeder Abteilung habe ich geschaut, nicht mal unsere Deko-Leute konnten mir weiterhelfen, aber dann …«

Edy biss schweigend ein Stück von seinem Hefezopf ab, während Rosis Eltern gebannt der Erzählung ihrer ältesten Tochter lauschten.

Es war halb fünf am Nachmittag. Rosis Eltern pflegten ihren Kaffee normalerweise um zwei Uhr zu sich zu nehmen, und wehe, Rosi, hatte ihn nicht auf die Minute fertig! Dann begann Maria Franz gleich zu jammern, dass sie die halbe Nacht nicht würde schlafen können wegen des späten Kaffeegenusses. Aber wegen des hohen Besuchs aus München wurde anscheinend gern eine Ausnahme gemacht, dachte Edy säuerlich.

»Rosi, wo bleibt der Kaffee? Beeil dich, die Sophie hat bestimmt noch Kaffeedurst!«, rief Maria Franz und fuchtelte gebieterisch mit ihrer rechten Hand durch die Luft.

Rosi, die längst in der Küche an der Kaffeemaschine stand und wartete, bis die dritte Kanne an diesem Nachmittag durchgelaufen war, runzelte die Stirn.

Nicht aufregen!, wollte Edy ihr durch die Tür mit seinem Blick signalisieren, doch sie schaute nicht einmal in seine Richtung.

»Und Edy, altes Haus, wie stehen nun die Aktien?«, fragte Karl und klopfte ihm gönnerisch die Schulter. »Kauft denn überhaupt jemand deine Weizenwurst?«

Josef Franz lachte.

»Der Edy ist ein reicher Mann«, sagte seine Frau. »Jeden Tag liefert er Tausende von Päckchen aus.«

»Wirklich? Ein Herr Großunternehmer ist er also geworden, unser Metzgermeister Edy!« Schon wieder landete Karls Pranke auf Edys Schulter. »Da kommt unsereiner natürlich nicht mit«, sagte er zu seiner Schwester Sophie, woraufhin diese ihr Gesicht verzog.

Edy spürte, wie ihm die Röte in die Wangen stieg. »Eher sind es ein paar Dutzend Päckchen«, murmelte er vor sich hin.

»Jeden Tag müssen wir seine Wurst essen, jeden Tag!«, sagte Josef Franz anklagend. »Die Schinkenwurst vom alten Vater Scholz war mir lieber, aber …« Er zuckte mit den Schultern. »So sind halt die neuen Zeiten.«

Sophie schaute von Edy zu Rosi und sagte: »Müsst ihr den Eltern unbedingt eure komische Lebensweise aufzwängen?« Betont laut sagte sie: »Ich kauf dir eine Schinkenwurst, Vater, gleich nach den Feiertagen!«

»Roswitha, wo bleibt denn der Kaffee?«, wiederholte Maria Franz, woraufhin Rosi die Kanne so heftig auf den Tisch knallte, dass sie überschwappte.

Um Mitleid heischend, schaute Maria Franz ihre Tochter Sophie an. »Na, das hätte mir passieren sollen! Wenn ich mal einen Fehler mache, was glaubst du, wie die Rosi dann mit mir schimpft. Und immer tut sie, als ob ich nicht mehr alle Tassen im Schrank habe. Aber ihr, ihr darf ein Missgeschick passieren. Da siehst du's ja!« Anklagend zeigte sie auf den Kaffeefleck, der die mit goldenen Sternen bestickte Tischdecke tränkte.

»Mutter …«, sagte Rosi mahnend.

»Sagt mal, gibt's eigentlich keine Plätzchen?«, sagte Sophie, von den Zänkereien zwischen Mutter und Schwester völlig unberührt. »Mutter, du hast doch früher immer so gute Nusskekse gebacken. Und Zimtsterne.«

»Kind!«, rief Maria Franz theatralisch. »Ich würd ja

gern! Doch die Rosi lässt mich ja nicht. Aber selber backt sie auch nicht.«

»Wann soll ich bitte schön noch Plätzchen backen? Mein Tag hat ja jetzt schon vierzig Stunden!«, rief Rosi. »Und darf ich dich daran erinnern, dass das letzte Mal, als du einen Kuchen backen wolltest, die Feuerwehr angerückt ist, weil du die Temperatur falsch eingestellt und dann auch noch den Kuchen im Ofen vergessen hast? Bis ins Dorf hinein hat man den Qualm gesehen, der aus unsern Fenstern kam. Der Edy hat danach die ganze Küche neu streichen müssen, so verrußt war alles«, sagte Rosi.

»Da siehst du, wie es bei uns zugeht«, sagte ihre Mutter anklagend zu Sophie. Die nickte ihr mitfühlend zu, dann zündete sie sich eine neue Zigarette an.

Gleich – gleich würde Rosi der Kragen platzen, das spürte Edy ganz genau. Hilflos sah er zu, wie sie zitternd vor Wut das Zimmer verließ. Er warf Maria Franz einen wütenden Blick zu. Demenz hin oder her, sie war manchmal ein ziemlich undankbares Weib. Das war ihm in letzter Zeit schon öfter aufgefallen. Eilig lief er Rosi hinterher.

Er fand sie in der Küche, wo sie die leeren Suppenteller von Sophie und Karl, die noch auf dem Küchentisch standen, in die Spülmaschine pfefferte. Tränen glänzten in ihren Augen, sie wischte sie grob mit dem Ärmel weg.

»Es ist so ungerecht! Da reibe ich mich Tag für Tag für die beiden auf, und dann bekomme ich so was zu hören!«

»Das meinen die nicht so«, sagte Edy lahm. »Du kennst doch deine Eltern, die denken sich nichts bei dem, was sie reden.«

»Ach ja? Da wäre ich mir nicht so sicher …« Eine Mischung aus Wut und Verletzung zeigte sich in ihrem Blick, als sie zum Küchenfenster ging und es aufriss. »Und dann dieser Zigarettengestank! Mir ist schon ganz übel davon.« Sie zeigte auf die Kartoffeln, die gepellt darauf warteten, zu Knödeln verarbeitet zu werden. »Mein Essen reicht für sechs Leute vorne und hinten nicht! Jetzt muss ich schauen, wie ich das Beste daraus mache.« Sie schlug mit ihrer Faust so heftig auf die Arbeitsplatte, dass die Kartoffelschüssel einen Hüpfer machte. »Verflixt, warum haben sie nicht wenigstens angerufen und ihren Besuch angekündigt? Dann hätte ich mich vorbereiten können. Jetzt weiß ich gar nicht, was ich als Erstes machen soll. Die Betten müssen bezogen werden« – sie nickte in Richtung des Stapels bereitgelegter Bettwäsche – »dann muss ich noch …«

»Das soll Sophie selbst machen«, unterbrach Edy sie bestimmt. Er nahm ihr die Bettwäsche aus der Hand und ging ins Wohnzimmer, um die Eltern-Kind-Idylle zu stören.

»Hier, für eure Betten«, sagte er zu Sophie, ohne sich um ihre Proteste, dass doch noch gar nicht feststünde, wo wer schlief, zu kümmern. Kommentarlos verließ er den Raum. So kann das nicht weitergehen, dachte er. Er hatte sich so auf dieses Weihnachtsfest gefreut! Aber wenn nicht bald etwas geschah, drohte alles in einer Katastrophe zu enden.

Rasch ging er in sein Büro, wo er eine inzwischen bekannte Nummer wählte.

»Ludmilla? Endlich! Ich habe schon heute früh versucht, dich zu erreichen. Hattest du dein Handy ausgestellt? Nein? Ja, ich weiß, dass Heiligabend ist… Aber du hast mir doch versprochen, dass es vor Weihnachten noch klappt. Ich dachte, du hilfst jedem, der unter Druck steht…« Er seufzte abgrundtief auf. »Diese Verabredung sollte mein persönlicher Weihnachtshöhepunkt sein!«

Er war so in sein Gespräch vertieft, dass er nicht mitbekam, wie Rosi, die ihm gefolgt war, jedes Wort an der Tür mithörte. Die Tränen, die ihre Wangen hinabrannen, sah er auch nicht.

15. Kapitel

Es war kurz vor fünf Uhr – die Dunkelheit hatte sich über Maierhofen gesenkt, die Heilige Nacht war angebrochen –, als Therese bei Christine klingelte.

Im Haus brannte Licht, doch es dauerte einen Moment, bis Christine in Jeans und einem alten T-Shirt die Tür öffnete. Sie war blass und ungeschminkt und offensichtlich nicht auf Besuch eingestellt.

»Frohe Weihnachten«, sagte Therese und hielt Christine ein kleines, in rotes Papier eingewickeltes Geschenk hin. Es waren Karten für ein Howard-Carpendale-Konzert, das im Januar in der Stadt stattfinden würde, Therese freute sich heute schon darauf, dort gemeinsam mit Christine »Deine Spuren im Sand« mitzusingen.

»Du? Solltest du nicht bei deinem Sam sein?«

Therese zuckte mit den Schultern. »Na, auf einen Sprung werde ich dich doch besuchen dürfen, oder?«, sagte sie betont frohgemut. Erneut hielt sie der Freundin das Geschenk hin.

Mit einem kleinen Lächeln nahm Christine das Päckchen und sagte: »Dann komm herein.«

Im Haus war es warm, Kerzen brannten, eine Weihnachts-CD hatte Christine ebenfalls aufgelegt. Dennoch fühlte Therese die Verlorenheit, die hier zu Hause war, so deutlich, dass es sie fröstelte.

»Willst du nachher wirklich nicht mitkommen? Es gibt zwar nur kleine Häppchen und Pasteten, aber für drei reicht's allemal. Und einen Baum haben wir auch!«, sagte sie lächelnd, während Christine ihr eine Tasse Tee einschenkte. Eigentlich hatte sie vorgehabt, diesen letzten Versuch, Christine aus dem Haus zu locken, erst ein wenig später zu starten, doch sie konnte einfach nicht an sich halten.

»Nein, du lieber Himmel!«, winkte Christine ab. »Mein Kühlschrank ist rappelvoll, du weißt ja, wie viel ich eingekauft habe, als ich noch glaubte, dass ... Jedenfalls, das muss nun ja trotzdem alles weg. Ich werde mir also so richtig den Bauch vollschlagen. Außerdem hole ich später Luise Stetter zu mir, sie wäre sonst ebenfalls allein. Von ihren Kindern will ja auch keins was von der Mutter wissen.« Der letzte Satz klang so bitter wie die Miene, die Christine dabei trug. Doch schon im nächsten Moment versuchte sie sich wieder an einem Scherz: »Wenn die gute Luise erst mal anfängt, von den Preisausschreiben zu erzählen, bei denen sie mitgemacht hat, wird es mir heute gewiss nicht langweilig.«

Therese umarmte die Freundin. »Blödes Weihnachten, oder?«, flüsterte sie. »Aber nächstes Jahr kann schon wieder alles ganz anders aussehen!« Sie spürte, wie Christine tapfer nickte.

Bedrückt machte sich Therese auf den Heimweg. Da freute sie sich wie ein Kind auf ihr erstes Weihnachtsfest mit Sam, während ihre beste Freundin tapfer gegen die Einsamkeit ankämpfte.

Sie hatte den Gedanken noch nicht zu Ende gedacht, als rechts von ihr auf dem schmalen Gehsteig ein dunkler Schatten auftauchte, der in Richtung Dorf rannte, als sei der Teufel hinter ihm her. Ein streunender Hund? Dazu war der Schatten zu groß. Ein Reh? Oder gar ein Mensch? Instinktiv nahm Therese den Fuß vom Gaspedal und hielt ihn über die Bremse, um sofort reagieren zu können, falls der Schatten auf die Straße sprang.

Es war ein Mensch, erkannte Therese, als der Schatten ein paar Meter weiter von einer Straßenlaterne beleuchtet wurde. Mehr noch, es war jemand, den sie kannte. Tränen liefen der Frau über die Wangen, ihre Augen hatten einen fast irren Ausdruck.

Therese bremste ab, fuhr an den Straßenrand und stieß die Tür auf. »Roswitha! Um Himmels willen, was ist passiert?« Tausend Gedanken gingen ihr durch den Sinn. Ein Unfall auf dem Franzenhof? Wollte Rosi Hilfe holen? Warum nahm sie dafür nicht das Telefon? Ein Überfall? »Rosi, bleib stehen, bitte!«, rief Therese erneut, doch die Bäuerin rannte einfach weiter, als habe sie nichts gehört.

Therese zog die Tür zu und fuhr an. Als sie auf Höhe von Roswitha war, fuhr sie holpernd auf den Gehsteig und schnitt Rosi so den Weg ab.

»Mensch, was machst du denn hier?«, sagte sie, als sie ausstieg. Widerstandslos ließ sich die Kartoffelbäuerin jetzt aufhalten, klaglos in den Arm nehmen, mehr noch, sie sackte in sich zusammen, als sei jedes Leben aus ihr gewichen. Über Rosis Schulter hinweg ließ Therese mit zusammengekniffenen Augen ihren Blick durch die Dunkelheit schweifen. Die Hauptstraße lag verwaist da, nichts war zu sehen. Kein böser Bube, keine Feuerwehrsirenen, nichts, was auf irgendein Drama hingewiesen hätte. In der stillen Nacht war nur Rosis Schluchzen zu hören. »Rosi… was ist denn los?«, versuchte sie erneut, die Kartoffelbäuerin zum Reden zu bringen.

»Der Edy betrügt mich!«, brach es schluchzend aus Rosi heraus. »Er hat eine andere. Ludmilla heißt sie. Sie ist sein persönlicher Weihnachtshöhepunkt!« In ihrer Stimme lagen Spott und Verletztheit.

»Der Edy… was?« Fassungslos schaute Therese von Rosi in Richtung des Franzenhofs. Das konnte nicht sein, oder?

»Ich geh nicht mehr heim, nie mehr!«, schluchzte Rosi weiter. »Die sollen alle schauen, wie sie ohne mich zurechtkommen, ich bin doch eh nur der Depp vom Dienst für alle.«

»Ach Rosi…«, sagte Therese. Die Bitterkeit und die tiefe Verletzung der Bäuerin machten sie traurig. »Das ist bestimmt nur ein dummer Irrtum! Dein Edy liebt dich, das weiß ich ganz genau.« So eindringlich ihre Worte auch waren – sie schienen Rosi, um deren Mund sich ein harter Zug gebildet hatte, nicht zu erreichen.

Und nun? Resolut nahm Therese die weinende Frau an der Hand. »Jetzt komm erst mal mit«, sagte sie und schob Rosi in ihr Auto. Diese saß zusammengekauert auf dem Beifahrersitz. Ihr Weinen verstummte, mit starrem Blick, die Hände wie zum Gebet gefaltet, schaute sie auf ihren Schoß.

Ziemlich ratlos fuhr Therese los.

Wenige Minuten später trafen sie im Gasthaus ein und fanden Sam mit einer Grabesmiene neben dem kleinen Tannenbaum sitzend vor.

Therese, bereits aufgewühlt von Rosis Unglück, befürchtete sogleich das Schlimmste. Sie stürmte auf Sam zu und rief: »Was ist? Ist was mit Vater?«

Sam schüttelte den Kopf, dann wies er in Richtung Biergarten. »Du glaubst nicht, wer dort hinten gerade sein Auto auslädt …«

»Jetzt sag schon!«, drängte Therese ziemlich barsch. Nach irgendwelchen Spielchen war ihr nun wirklich nicht zumute.

»Heidi Hutter«, ertönte es mit zur Grabesmiene passender Grabesstimme.

Fassungslos schaute Therese ihren Liebsten an. Einen Moment lang wusste sie nicht, ob sie lachen oder weinen sollte. »Aber … aber … ich dachte, du hast das geklärt!«

»Das dachte ich auch«, sagte Sam trocken. »Allem Anschein nach gab es zwischen uns wohl ein Missverständnis.«

Mit einem »Hallöchen!« auf den Lippen kam in diesem Moment die Journalistin gut gelaunt und schwer beladen hereinspaziert. In beiden Händen trug sie Plastiktüten jeglicher Größe, als käme sie direkt von einem Billigbazar.

Therese, beide Hände in die Seiten gestemmt, sagte: »Wir haben geschlossen! Können Sie mir bitte sagen, was Sie hier wollen?«

»Was ist denn das für eine Frage? Dass ich über die Feiertage herkomme, war doch vereinbart«, sagte Heidi Hutter ungerührt. Dann schaute sie Sam an und sagte: »Sie haben Ihrer Freundin doch Bescheid gesagt, dass ich komme, oder etwa nicht?« Ohne eine Antwort abzuwarten, winkte sie ab. »Egal, jetzt bin ich jedenfalls hier. Ich werde Sie schon nicht stören, keine Sorge.« Heidi Hutter zeigte auf ihre prall gefüllten Tüten. »Geschenke habe ich zwar nicht mitgebracht, dafür aber mein Essen, genau, wie wir es vereinbart haben. Wenn ich vielleicht Ihren Kühlschrank nutzen dürfte? Und danach würde ich gern mein Zimmer sehen.«

Therese warf Rosi, die noch immer wie ein Häufchen Elend neben ihr stand, einen Seitenblick zu und beschloss, sich allein wegen ihr zusammenzureißen.

»Ich zeige Ihnen Ihr Zimmer gleich«, sagte sie zu der Journalistin, dann nahm sie Rosi an die Hand und führte sie zum warmen Kachelofen. »Du ruhst dich jetzt kurz aus, und wenn ich zurückkomme, reden wir, okay?«, flüsterte sie ihr zu. Noch immer ließ Rosi alles mit sich geschehen. Ihr Blick war stumpf und voller Schmerz.

Ach Edy!, was hast du nur getan?, dachte Therese traurig und wütend zugleich, während sie den erstbesten Schlüssel vom Brett riss. Sie warf Sam einen aufgewühlten Blick zu.

Das Gästezimmer war kalt, das Bett ungemacht. Während Heidi Hutter sich mit ihren zig Plastiktüten – hatte sie keinen Koffer? – die Treppe hinaufschleppte, zog Therese aus einem Schrank im Flur eine Bettwäschegarnitur heraus.

»Das Bett müssen Sie leider selbst beziehen, ich muss dringend wieder nach unten. Die Heizung habe ich aufgedreht, in einer halben Stunde müsste es warm werden.«

Heidi Hutter winkte beiläufig ab. »Kein Problem, ich bin ein unkomplizierter Gast, das wissen Sie doch. Sie werden mich gar nicht bemerken. Hin und wieder werden Sie vielleicht ein Rascheln hören, und das ist dann kein Mäuschen, sondern ich.« Sie lachte amüsiert über ihren Witz.

Heidi Hutter und unkompliziert – es hätte nicht viel gefehlt und auch Therese hätte laut gelacht. Doch sie war mit ihren Gedanken schon wieder halb die Treppe hinunter.

»Wenn es Ihnen recht ist, komme ich später nach unten und wärme mir eine Dosensuppe auf«, sagte Heidi Hutter und hielt strahlend eine Dose Pichelsteiner Eintopf hoch.

Na prima! Genau das hatte ihr gefehlt, dachte Therese und starrte den rotbemützten Zwerg, der auf der Dose neben einem Teller Suppe abgebildet war, böse an. Doch sie riss sich zusammen und sagte, die Türklinke schon in der Hand, mit einem schwachen Lächeln: »Frohe Weihnachten!«

16. Kapitel

Als Therese wieder nach unten kam, saßen Sam und Rosi gemeinsam auf der Ofenbank. Sam starrte die Bäuerin genauso ratlos an, wie sie es zuvor getan hatte. Der Anblick rührte Therese, gleichzeitig mobilisierte er auch ihre inneren Kräfte.

»Jetzt hole ich uns erst mal eine Tasse Früchtetee!«, sagte sie und ging in Richtung Küche. »Und du bleibst heute natürlich bei uns, Rosi. Wenn du magst, reden wir, wenn nicht, dann nicht. Auf alle Fälle machen wir uns einen schönen Abend und …« Sie brach ab, als es laut an der Tür klopfte. Im nächsten Moment ging die Tür auf, und Vincent trat ein. Er hatte einen Hundewelpen auf dem Arm.

Vincents Geschenk für Greta! Therese durchfuhr es heiß und kalt. Diese Angelegenheit hatte sie vor lauter Heidi Hutter und Rosi ganz vergessen. Dabei hatte sie mit dem Zimmermann vereinbart, dass sie auf das Hundekind aufpassen würde, bis Vincent ihn abends um halb sieben – rechtzeitig zur Bescherung – wieder abholte.

Vincent, ein Mann mit feinen Antennen, spürte sogleich, dass etwas in der Luft lag. »Alles klar? Ich komme doch nicht ungelegen, oder? Es war doch ausgemacht, dass …« Unsicher schaute er von Therese zu Rosi mit ihrem verheulten Gesicht.

»Alles bestens«, sagte Therese. »Das ist also Blue … Herzlich willkommen, du Süßer!« Lächelnd streichelte sie dem Hundekind, das sich unsicher umschaute, über den Kopf. Sein Fell war so weich wie das Gefieder eines Kükens. »Darf ich ihn mal halten?«, fragte sie Vincent.

Der Zimmermann nickte lächelnd.

»Ich glaube, wir brauchen etwas Stärkeres als Früchtetee«, sagte Sam und holte die Flasche mit ihrem besten Obstler hinter der Theke hervor. »Du trinkst doch auch einen mit, oder?«, wandte er sich an den Zimmermann.

Vincent ließ sich nicht zweimal bitten, am großen Tisch in der Gaststube Platz zu nehmen.

Erleichtert, einen Moment lang nichts tun oder entscheiden zu müssen, setzte sich Therese mit dem Hund auf dem Schoß gegenüber von Rosi an den Stammtisch.

Sie waren gerade dabei, sich mit dem nach reifen Birnen und Kirschen duftenden Obstbrand zuzuprosten, als es erneut an der Tür klopfte. Gleich darauf stürmte eine aufgelöste Greta herein, eine Riesengans vor sich hertragend.

Mit einer Geistesgegenwart, die sie sich in diesem Moment kaum selbst zugetraut hatte, schob Therese den Hundewelpen unter den Tisch, wogegen dieser mit einem Fiepen protestierte. Greta durfte ihr lebendes Weihnachtsgeschenk auf keinen Fall schon sehen!

»Therese, Gott sei Dank, du bist da!«, sagte Greta atemlos, ehe sie Vincent ebenfalls am Tisch sitzen sah. »Schatz, was machst du denn hier?«

»Ich … ich war schon auf dem Heimweg, da habe ich … Sam getroffen.« Erleichtert über seinen Einfall nickte er dem Koch zu.

»Ich habe Vince auf ein Weihnachtsschnäpschen eingeladen«, sprang Sam seinem Freund eilfertig bei.

Greta nickte desinteressiert. Sie zeigte auf die Gans und sagte: »Das Vieh raubt mir noch den letzten Nerv. Unser Backofen ist kaputt, er macht keinen Mucks mehr.«

»Unser Backofen ist kaputt?« Vincent runzelte die Stirn.

Therese versuchte krampfhaft, den Hund unterm Tisch am Hervorkrabbeln zu hindern, indem sie ihn an seinem winzigen Halsband festhielt.

»Wärst du an dein Handy gegangen, wüsstest du längst Bescheid. Ich habe mindestens dreimal bei dir angerufen, aber immer nur die Mailbox erreicht. So blieb mir nichts anderes übrig, als Elektro Scholz am Heiligen Abend zu stören.« Greta warf ihrem Liebsten einen vorwurfsvollen Blick zu. »Erst hat es Ewigkeiten gedauert, bis Elfie Scholz ihren Vater fand. Dann sagte er am Telefon, er würde gleich vorbeikommen und dass es meist nur das Thermostat sei, das kaputtgehe und dass er entsprechende Ersatzteile mitbringen würde. Dieses ›Gleich‹ dauerte dann ewig. Als er endlich doch noch kam, hat er festgestellt, dass es doch nicht das Thermostat ist, sondern irgendein Regler. Und genau dieses Ersatzteil hat er nicht auf Lager!« Eine Grimasse ziehend, schaute sie Vincent an. »So viel zu unserer ersten Gans. Hätten wir bloß was Einfaches gekocht …« Dann wandte sie sich an Therese. »Darf ich euren Ofen benutzen?«

»Aaaargh!«, schrie Therese auf, als das Hundekind ihr mit spitzen Zähnchen in den Spann des rechten Fußes biss. Sam und Vincent grinsten vor sich hin, und selbst über Rosis Miene huschte ein Lächeln.

»Bitte?«, sagte Greta stirnrunzelnd. »Ist alles in Ordnung? Ihr kommt mir irgendwie so komisch vor.«

»An Weihnachten ist jeder ein bisschen komisch«, sagte Therese eilig. »Mir ist es gerade nur ins Kreuz gefahren.« Hoffentlich würde Blue, der nun an ihren Schnürsenkeln knabberte, sich nicht daran verschlucken, bangte sie im selben Moment.

»So gebückt wie du da hockst, ist das kein Wunder«, sagte Greta tadelnd. »Setz dich doch mal aufrecht hin!«

Das würde ich ja gern, lag es Therese auf der Zunge zu sagen. Wenn wenigstens Rosi den Hund für einen Moment hätte halten können. Aber dazu saß die Bäuerin zu weit weg.

»Natürlich kannst du unseren Ofen benutzen, aber die Gans benötigt mindestens drei Stunden im Rohr. Wäre es nicht besser, ihr verschiebt euer Festessen auf morgen?«, sagte Sam.

»Da hast du auch wieder recht ... Aber was essen wir dann heute?«, fragte Greta und schaute Vincent an, der jedoch auch nur ratlos mit den Schultern zuckte. »Jetzt weiß ich auch nichts mehr. Außerdem – ich muss dringend noch mal kurz weg!« Beschwörend schaute Greta zur Tür. »Es ist wirklich wichtig ...«

Was war denn das?, fragte sich Therese stirnrunzelnd. So geheimniskrämerisch kannte sie ihre Cousine gar nicht. Gleichzeitig war sie froh zu hören, dass Greta gehen wollte. Sehr viel länger würde sie Blue unterm Tisch nicht festhalten können. Sie schaute zu Rosi, die ihr hilflos zuzwinkerte. Auf einmal musste auch Therese lachen.

Rosi, Greta, Vincent und die Gans. Und oben in ihrem ungeheizten Zimmer Heidi Hutter! Was für eine Versammlung… Schmunzelnd und einem plötzlichen Einfall folgend, schaute Therese in die Runde und sagte: »Was würdet ihr davon halten, wenn wir doch alle zusammen feiern?« Unter niedergeschlagenen Lidern blickte sie dabei zu Sam hinüber und hoffte inständig, dass ihr Vorschlag für ihn in Ordnung war.

Grinsend warf ihr Sam einen schrägen Blick zu. Therese wusste genau, was dieser Blick bedeutete: So viel zum Thema Weihnachten zu zweit…

»Also, ich fände das schön«, sagte Vincent und schaute fragend in Gretas Richtung.

»Mir würde es auch gefallen«, sagte Rosi mit kleiner Stimme.

Greta schaute Rosi an, als ginge ihr erst jetzt auf, wie ungewöhnlich es war, die Kartoffelbäuerin am Heiligabend hier zu sehen. »Ich dachte, ihr wolltet allein feiern?«, sagte sie dann zu Therese. »Und jetzt lädst du uns doch alle ein?«

Therese dachte an die Blätterteigpasteten mit Pilzrahmfüllung, die sie für Sam und sich hatte zubereiten wollen. Sechs Stück an der Zahl. Dazu einen kleinen Salat und als Nachtisch Vanilleeis mit heißen Himbeeren. Damit bekam sie ihre so plötzlich angewachsene Tischrunde nie und nimmer satt! Und auch ihre Kühlkammer war fast leer. Sam und sie würden nicht viel benötigen – in dieser

Annahme hatte sie ihre Einkäufe so gesteuert, dass Fisch und Fleisch gerade bis zum letzten Tag gereicht hatten, an dem ihre Gaststube geöffnet war. Aber für jedes Problem gab es eine Lösung, oder?

Tapfer nickte sie. »Gemeinsam mit vielen an einer großen Tafel sitzen ist doch viel schöner«, sagte sie, während der Welpe den rechten Schuhbändel mit einem Ruck endgültig abkaute.

Greta schaute ein letztes Mal von Vincent zu Therese und Sam. Ein erleichtertes Lächeln breitete sich auf ihrem Gesicht aus. »Ich bin in einer halben Stunde zurück!« Winkend rauschte sie davon.

»Puh, geschafft«, sagte Therese und ließ endlich Blues Halsband los. Sofort sauste der kleine Hund unterm Tisch hervor.

Alle lachten.

17. Kapitel

Zehn Minuten später klingelte Therese erneut an Christines Haustür. Obwohl sie sich auf der Fahrt überlegt hatte, wie sie die Ereignisse mit Rosi, Greta, Vincent und der Gans so schnell wie möglich zusammenfassen konnte, brachte sie nun doch alles eher stotternd hervor. Sie endete mit den Worten: »Jedenfalls… habe ich jetzt das Haus voll und nichts zu essen da. Und da dachte ich… Du hast doch so viel eingekauft. Deshalb meine Bitte an dich…« Händeringend schaute sie ihre Freundin an, aus deren Haus es verführerisch nach dem Truthahn duftete, der schon seit Stunden vor sich hinschmorte. »Können wir nicht alles einpacken und damit zu mir fahren? Ich weiß, dir war nicht nach einem Fest unter Freunden zumute, aber manchmal kommt halt alles anders, als man denkt.« Sie zuckte hilflos mit den Schultern.

Christine schaute sie lange an, bevor sie sagte: »Aber Luise Stetter müssen wir dann auch mitnehmen. Es ist ausgemacht, dass ich sie um sieben zu mir hole.«

Thereses Erleichterung war so groß, dass ihr für einen Moment die Beine weich wurden. Eine mehr oder weniger machte nun wirklich nichts mehr aus.

»Ich kann jetzt nicht weg!«, rief Luise Stetter entsetzt, als Christine und Therese bei ihr auftauchten. Als habe sie Angst, entführt zu werden, zog die alte Dame die Haustür ein Stück enger zu sich heran. »Gleich kommt Greta Roth und bringt mir den Hund.«

»Welchen Hund?«, fragte Christine verwundert.

Auch Therese runzelte die Stirn. Die alte Luise brauchte mit ihren sechsundachtzig Jahren zwar bei den alltäglichen Aufgaben des Lebens wie Wäsche waschen, kochen und putzen Hilfe, die Christine und ein paar andere Frauen aus dem Dorf leisteten – aber verwirrt war sie eigentlich nicht.

»Was für einen Hund?«, fragte Therese nach, doch noch während sie die Frage stellte, dämmerte ihr etwas. Ach du meine Güte … Deshalb hatte ihre Cousine seit Wochen und auch vorhin so geheimniskrämerisch getan! Sie lachte schallend auf. Dann nahm sie die alte Frau am Arm und führte sie in ihr Haus. »Weißt du was, Luise, du ziehst dir jetzt eine Jacke an und kommst mit uns. Ich schreibe einen Zettel für Greta und hänge ihn an die Tür.«

»Aber, ich habe ihr doch versprochen, bis halb sieben auf den Hund aufzupassen und …«

Christine, die nicht wusste, worum es hier eigentlich ging, schaute verwirrt von einer zur anderen.

»Das geht schon in Ordnung, das verspreche *ich*«, unterbrach Therese die alte Dame bestimmt. Dann kritzelte sie auf den Block, der auf Luise Stetters Telefonbank im Flur stand, eine Nachricht für ihre Cousine.

»Ich brauche noch Orangen für den Punsch«, sagte Christine, während sie zwei Flaschen Rotwein in einen von

Sams Riesentöpfen schüttete. Jede Menge Orangensaft befand sich ebenfalls schon im Topf, außerdem hatte Christine Sams Gewürzregal geplündert. Zimt, Sternanis und Nelken schwammen in der hellroten Flüssigkeit, aus der schon jetzt himmlische Düfte aufstiegen.

»Wird man davon nicht betrunken?« Neugierig linste Luise Stetter, die zum Kräuterhacken eingeteilt worden war, ihrer Nachbarin über die Schulter.

»Ich hätte nichts dagegen, mich heute zu betrinken«, murmelte Rosi vor sich hin.

Christine lachte. »Um von dem Punsch einen Schwips zu bekommen, müsst ihr schon raue Mengen trinken! Auf diese Menge Wein gebe ich nachher nämlich noch mindestens zwei Liter von Thereses Früchtetee.«

»Ob man trotzdem schon jetzt mal probieren kann?« Luise Stetters Wangen leuchteten wie zwei polierte, rote Äpfelchen.

Therese, die gerade dabei war, Christines Räucherlachs dekorativ auf einer Platte anzurichten, grinste. »Ein Testtrunk vorab kann nie schaden«, sagte sie. Christine zuzwinkernd, schenkte sie der alten Frau sowie Rosi je ein Tässchen von dem Wein-Orangen-Gemisch ein.

»Soll ich außer dem Karottensalat nicht auch noch einen Selleriesalat machen?«, fragte Rosi. Sie hielt eine Riesenknolle Sellerie in die Höhe.

»Ich habe ein paar Fleischtomaten mitgebracht, vielleicht fällt dir dazu auch noch was ein«, sagte Christine. »Als Expertin für Veganes ist Rohkost doch genau dein Gebiet.«

Bei dem Wort »Veganes« huschte über Rosis Gesicht sogleich ein dunkler Schatten. Doch dann fing sie sich und sagte: »Wie wäre es mit gefüllten Tomaten? Vielleicht gibt's irgendwo noch ein, zwei Dosen Mais?« Fragend schaute sie Therese an.

»Ich habe auch Champignonragout im Angebot«, sagte Therese und wies in Richtung Kühlschrank. »Vielleicht willst du das nehmen?«

»Mach ich!« Schon begann Rosi, die Tomaten auszuhöhlen, und Therese konnte nur bewundern, wie die Kartoffelbäuerin ihren Herzensschmerz wegsteckte.

Luise Stetter stellte ihre Punschtasse ab und sagte: »Einmal, da habe ich bei einem Preisausschreiben mitgemacht, bei dem gab es 666 Dosen Tomaten zu gewinnen! Könnt ihr euch das vorstellen?«

Christine und Rosi schwiegen. Prompt fuhr Luise Stetter fort: »Gott sei Dank habe ich nicht gewonnen! Aber kurz darauf, bei einem anderen Preisausschreiben …«

Therese grinste. Sie war gerade dabei, ihre mit Orangenscheiben und frischen Kräutern dekorierte Räucherlachsplatte zur Seite zu stellen, als ihr Handy klingelte. »Das ist bestimmt Vater«, sagte sie erfreut. Doch dann erkannte sie Gretas Nummer.

»Luise Stetter ist bei euch?«, ertönte es atemlos am anderen Ende der Leitung.

Therese bejahte.

»Und? Hat sie was gesagt?«

»Was soll sie denn gesagt haben?«, fragte Therese scheinheilig.

»Also nichts. Sehr gut. Ich bin schon auf dem Weg zu euch, habt ihr schon mit dem Essen begonnen?«, fragte Greta.

»Aber nein, wo denkst du hin? Natürlich warten wir, bis du hier bist.«

»Prima, ich will nämlich Vincents Weihnachtsgeschenk gleich nach meiner Rückkehr übergeben. Es ist wirklich eine große Überraschung.«

»Soll ich unter den Klingeltönen meines Handys einen Tusch oder Trommelwirbel heraussuchen, damit du dein Geschenk richtig in Szene setzen kannst?«, frotzelte Therese.

»Um Gottes willen, nein, das würde nur einen Schrecken bedeuten für …«, Greta hustete. »Jedenfalls, ich bin gleich da!«

Schmunzelnd legte Therese auf, dann sagte sie zu den drei Frauen in der Küche: »Ich geh mal schauen, was die Männer machen, okay?«

Dass Sam heute nicht in der Küche stehen sollte – darauf hatte sie trotz der veränderten Situation bestanden. Nun hoffte sie, dass er und Vincent dem Obstler nicht allzu heftig zusprachen. Ach, und wenn schon, dachte sie, während sie die Tür zur Gaststube aufstieß.

Sie rechnete gerade aus, für wie viele Leute sie denn nun den Tisch decken musste, als die nächste Überraschung auf sie wartete. Denn statt Schnaps zu trinken, hatten die Männer den ehemaligen Stammtisch, um den zwölf Personen Platz hatten, längst gedeckt. In der Mitte des Tisches stand mit angeschlossener Lichterkette Sams Weihnachtsbaum und breitete seine Äste so weit aus, dass sie fast bis auf die Teller ragten.

Sam kam auf Therese zu und nahm sie in den Arm. »Wir haben immer noch nicht den Champagner getrunken, den ich dir versprochen hatte. Was meinst du, wäre jetzt ein guter Zeitpunkt?« Er küsste sie liebevoll.

Therese spürte, wie sich ein Kloß in ihrem Hals bildete. Sams Arm um ihre Schulter, seine Wärme, dazu der Anblick des liebevoll gedeckten Tisches und Vincents, der am Boden saß und mit dem Welpen spielte, rührte sie auf einmal so sehr, dass ihr fast die Tränen kamen. Ihre Familie …

»Lass uns noch auf Greta warten, bestimmt kommt sie gleich zurück. Und *dann* gibt es wirklich was zum Anstoßen, das verspreche ich euch.« Mit dieser geheimnisvollen Aussage ging sie zurück in die Küche.

Pfeif auf Weihnachten zu zweit, dachte sie. Das hier war mindestens genauso schön.

In der Küche wurde der Kloß in Thereses Hals noch dicker, als sie die drei Frauen sah, die voller Stolz ihre Speisen präsentierten. Eine Platte mit feinen Stücken vom Truthahn, dekoriert mit den Blattsalaten, die Therese für Sam und sich gekauft hatte. Die gefüllten Tomaten. Verschiedene Rohkostsalate. Baguette und anderes Brot. Und eine Schale Obstsalat – die Früchte stammten ebenfalls aus Christines Kühlschrank. Auf dem Herd simmerte der Topf mit dem Weihnachtspunsch vor sich hin.

»Wow, sieht das alles schön aus!«, sagte sie voller Bewunderung. Sie drückte Christines rechten Arm und flüsterte ihr zu: »Ohne dich wäre das hier nicht möglich, danke.« Laut sagte sie: »Dann lasst uns mal alles auftragen!«

Sie begannen, die Speisen hinüber in die Gaststube zu tragen. Therese hatte gerade die letzte Schüssel – den

Obstsalat – in der Hand, als Heidi Hutter in einem Rollkragenpullover und dicker Wollstrumpfhose die Treppe heruntergetapst kam. »Ich habe Stimmen gehört und alle möglichen Geräusche«, sagte die Journalistin verschlafen. »Ist alles in Ordnung?«

Therese nickte. »Es gab eine kleine Planänderung. Wir feiern jetzt doch alle gemeinsam. Wenn Sie bitte noch die Körbe mit dem Brot bringen könnten?«, sagte sie. Der Gedanke, Heidi Hutter einsam in ihrem Zimmer zu wissen, war für sie auf einmal störender als der Gedanke, sie an ihrem Tisch sitzen zu sehen. Auf einen mehr oder weniger kam es nun auch nicht mehr an.

»Aber ... Ich bin kein Weihnachtsfan, das wissen Sie doch.« Verwirrt schaute Heidi Hutter ihre Zimmerwirtin an. »Und wollten Sie nicht auch unbedingt Ihre Ruhe haben und ...« Weiter kam sie nicht, denn just in diesem Moment hatte Blue den Neuankömmling entdeckt und stieg mit seinen Vorderpfoten schwanzwedelnd an Heidi Hutters Beinen hoch. »Ja, wer bist du denn?« Ihre Miene verzog sich zu einem Lächeln. »Ich liebe Hunde über alles«, hauchte sie Therese zu. Im nächsten Moment saß sie schon auf dem Küchenboden und hatte den Hundewelpen auf ihrem Schoß. Vergessen war der Brotkorb, vergessen auch die Frage, wer wo mit wem feierte und ob sie überhaupt bei den anderen bleiben wollte. »Du süßer kleiner Schatz«, säuselte die Journalistin und wiegte Blue wie ein Baby sanft hin und her.

Therese hatte alle gerade mit einem Becher Punsch rund um den Kachelofen versammelt, als sie im Vorraum der

Gaststube eine Stimme hörte. Die Stimme sprach in einem ähnlich hohen, freudigen Ton wie zuvor Heidi Hutter mit Blue.

Therese grinste. Greta und ihr Geschenk! Unauffällig schaute sie sich um und entdeckte Blue noch immer auf Heidi Hutters Schoß. Nach so viel Trubel war der Welpe von einer Sekunde zur nächsten eingeschlafen.

»Tatatataaaaaa! Trommelwirbel!«, sagte sie laut und schlug mit ihrem Löffel auf den Becherrand. »Wenn ich einen Moment um Aufmerksamkeit bitten darf: Hier kommt Greta!«

Gretas Haare waren verstrubbelt, ihre Wangen von der Kälte gerötet, ihr Schal hing auf einer Seite fast bis auf den Boden. Auf dem Arm trug sie ein Hundekind, das Blue sehr ähnlich sah, es hatte lediglich ein paar schwarze Flecken im cremefarbenen Fell. Neugierig und ohne eine Spur von Angst schaute das Hündchen sich um. Mit einem Lächeln, das aus ihrem tiefsten Innern zu kommen schien und alles überstrahlte, ging Greta auf Vincent zu, dem ganz deutlich anzusehen war, dass seine Augen zwar sahen, was sie sahen, dass es seinem Gehirn jedoch noch nicht ganz gelang, die Bedeutung dessen richtig einzuordnen. Sein Mund öffnete und schloss sich wie der eines Fisches, und zum ersten Mal, seit Therese den gut aussehenden und selbstbewussten Zimmermann kannte, sah er fast ein wenig tapsig aus. Was die Liebe so alles mit den Menschen anstellte, dachte Therese und gluckste vor Freude.

Auch Christine und Rosi schmunzelten vor sich hin. Gleich würde es Greta sein, die Bauklötze staunte!

»Kleine Baileys, darf ich dir dein neues Herrchen vorstellen?«, flüsterte Greta, als sie direkt vor Vincent stand. Sie hielt den Hund so hoch, dass sich die beiden in die Augen schauen konnten. »Baileys ist ein Tibet-Terrier«, sagte sie dann an Vincent gerichtet. »Ein Mann wie du ohne Hund – das geht auf die Dauer nicht gut, dachte ich. Und Baileys sieht das genauso.«

War es der Geruch seiner Schwester, der Blue just in diesem Moment aufwachen ließ? Spürte er die spannungsvolle Erwartung der Menschen, die den Raum erfüllte? Jedenfalls bellte der kleine Rüde einmal auf, dann sprang er von Heidi Hutters Schoß und rannte zu Greta hinüber.

Nun war es Gretas Gesicht, auf dem sich Verwirrung und Verblüffung zeigten.

Mit dem breitesten Lächeln, das Therese je gesehen hatte, hob Vincent Blue auf. Sogleich beschnupperten sich die beiden Welpen freudig, ihre Schwänze wedelten wie zwei kleine Turbinen.

»Ich kann mich noch gut erinnern, wie deine Augen geglänzt haben, als du mir von dem wuscheligen Hund erzählt hast, der euch Kinder in den Sommerferien hier in Maierhofen begleitet hat. Die Sehnsucht in deiner Stimme war nicht zu überhören. Du hattest dir so sehr einen Hund gewünscht, hast du mir erzählt. Aber als Stadtkind konntest du selbst keinen halten. Nun, manche Wünsche brauchen halt ein wenig länger, bis sie in Erfüllung gehen«, sagte Vincent, und seine Augen glänzten voller Liebe. »Der kleine Blue soll dich fortan auf all deinen Wegen begleiten.«

»Aber … wie …« Greta war fassungslos. Sie schaute von

Vincent zu den beiden Hunden, dann suchte ihr Blick den von Therese, als könne ihre Cousine ihr helfen, alles zu verstehen. »Heißt das, wir haben jetzt statt einem Hund gleich zwei?«

Gelächter brach im Raum aus. Die beiden Hunde strampelten so heftig auf den Armen ihrer Menschen, dass Greta und Vincent sie auf den Boden setzten, wo Baileys vor lauter Aufregung ein Bächlein hinterließ.

*

»Bei mir sind die Hundezüchterinnen zur Vorkontrolle erschienen. Ich habe ihnen unser Haus gezeigt und ihnen erklärt, dass Blue mich täglich zur Arbeit begleiten darf«, sagte Vincent.

»Bei mir waren sie auch, aber wir haben uns nur in meinem Büro getroffen, wahrscheinlich dachten sie, ich wohne dort auch«, sagte Greta lachend, während die kleine Baileys von ihrem Schoß aus versuchte, sich einen von Thereses Nikoläusen von der Fensterbank zu schnappen.

»Jetzt wird mir einiges klar!«, rief Vincent. »Deshalb dachten die Züchterinnen, dass es sich um zwei verschiedene Haushalte handelte.«

»Genau, und bei mir kam noch dazu …«

Missverständnisse, nichts als Missverständnisse, dachte Roswitha, während sie wie alle anderen dem Gespräch von Greta und Vincent lauschte. Dann nahm sie sich noch ein Stück Räucherlachs. Es wunderte sie selbst, dass sie überhaupt etwas essen konnte. Tief drinnen schmerzte ihr

Herz noch immer sehr. Aber wenn sie aufpasste, nicht zu viel nachdachte, nicht zu viel fühlte und in sich hineinspürte, dann gelang es ihr sogar, ein wenig Wärme aus dem Kreis ihrer Freunde entgegenzunehmen. Morgen ist auch noch ein Tag, sagte sie sich und kam sich ein wenig vor wie die Heldin aus ihrem Lieblingsfilm *Vom Winde verweht.* Morgen würde sie Edy zur Rede stellen. Und dann würde man sehen, wie – und ob! – es weiterging.

Schau dir Christine an, sie wurde auch von ihrem Mann verlassen und hat's überlebt, dachte sie. Sie sah zwar ein wenig traurig aus, aber immerhin genoss sie die Fröhlichkeit der Tischrunde. Und genau das wollte Rosi auch tun.

Was für ein Segen, dass ich ausgerechnet Therese begegnet bin, ging es ihr durch den Sinn. Wohin hätte ihre Flucht sie ansonsten geführt? Wäre sie mit zusammengekniffenem Schwanz auf den Hof zurückgekehrt? Das wiederum glaubte sie nicht.

Ach Edy … Warum tust du mir das an? Ich liebe dich doch so sehr, dachte Rosi traurig und schob ihren Teller nun doch von sich weg. Was hatte die andere, was sie nicht hatte? War Ludmilla jünger und hübscher? War sie ausgeschlafener und nicht ständig erschöpft, so wie sie?

Sie hatte den Gedanken noch nicht zu Ende gedacht, als die Tür des Gasthofes aufging. Zusammen mit einem Schwall kalter Luft traten Edy und eine junge blonde Frau ein.

Roswitha durchfuhr es heiß und kalt zugleich. Wie konnte er es wagen …

Das Tischgespräch verstummte. Alle Augen waren auf die Neuankömmlinge gerichtet.

»Roswitha! Zum Glück habe ich dich gefunden! Bald hätte ich nicht mehr gewusst, wo ich noch nach dir suchen soll.« Edys Wangen glühten vor Aufregung, als er die junge Frau neben ihm an der Hand nahm und an den Tisch heranführte.

Rosi war so schlecht, dass sie Angst hatte, sich hier und jetzt übergeben zu müssen. Sie spürte, wie auch bei den anderen am Tisch Unruhe aufkam. Therese schob ihren Stuhl so heftig zurück, dass er laute Kratzgeräusche am Boden machte.

»Das ist Ivana aus Polen, ich habe sie gerade vom Bahnhof in der Stadt abgeholt. Sie wohnt ab jetzt bei uns auf dem Hof«, sagte Edy und schaute Rosi mit durchdringendem Blick an.

»Ivana?«, krächzte Roswitha. Hatte er nicht mit einer Ludmilla telefoniert? Gleich zwei Geliebte? Und auf dem Hof sollte sie wohnen? Das war zu viel. Ich werde ohnmächtig, dachte sie, jetzt sofort.

»Edy, ich denke …«, hob Therese streng an.

»Ivana ist Altenpflegerin«, wurde sie von Edy unterbrochen. Dann schaute er sogleich wieder Roswitha an, und sein Blick war so voller Liebe, dass Rosi sich verwirrt schüttelte wie ein Hund, der Prügel erwartet hatte und eine Streicheleinheit bekam.

»Ich habe in den letzten Wochen Himmel und Hölle in Bewegung gesetzt, um ihre Reise von Danzig hierher zu ermöglichen. Ivana wird sich fortan um deine Eltern kümmern. Es ist höchste Zeit, dass du entlastet wirst, bevor du noch umkippst.«

»Ich freue mich auf diese Arbeit und helfe gern, wo ich

kann. Aber wo sind denn Mama und Papa?«, sagte Ivana in gebrochenem Deutsch. Schüchtern wanderte ihr Blick über die versammelten Menschen, es war ihr anzusehen, dass sie etwas ganz anderes erwartet hatte.

»Eine Altenpflegerin?« Roswitha schluckte. *Darum* war es in den geheimnisvollen Telefonaten also gegangen … O Gott! Und sie hatte Edy verdächtigt, eine Geliebte zu haben …

»Ja, eine Altenpflegerin. Ich wollte dich damit überraschen, deshalb meine Notlüge mit der Aushilfe für die Frühjahrsmesse«, sagte Edy, während Sam zwei Stühle heranzog und Platz für die beiden Neuen schaffte. Zur selben Zeit holte Therese Besteck und zwei Teller aus dem Buffet hinter der Theke.

Doch Edy ignorierte den bereitgestellten Stuhl und rutschte zu Rosi auf die Eckbank. »Du brauchst endlich mehr Zeit für dich«, flüsterte er. »Zeit für dein neues Geschäft … Und wir brauchen Zeit für uns zwei.«

Rosi wusste noch immer nicht, was sie denken oder fühlen sollte. Die Erleichterung, die sie verspürte, war so immens, dass sie wie ein Dammbruch jedes andere Gefühl hinwegschwemmte. Tränen schossen ihr aus den Augen, als sie Edy in die Arme fiel. »O Edy … Und ich dachte schon …« Sie küsste und herzte ihn, ohne sich um die anderen zu kümmern, die sich demonstrativ dem neuen Gast zuwandten. »Das ist das allerschönste Geschenk von allen …«

»Wie heißt Frohe Weihnachten auf Polnisch?«, sagte Christine neben ihr.

»*Wesolych Swiat*«, sagte die junge Frau. »Ist mein erstes

Weihnachtsfest ohne Familie … Aber ich freue mich, hier zu sein«, fügte sie tapfer hinzu.

»*Wesolych Swiat!*«, rief Sam, der in der Zwischenzeit endlich die Flasche Champagner geköpft und den Inhalt auf zehn Gläser verteilt hatte. Nun animierte er alle, die Gläser zu heben.

Rosi und Edy lächelten sich an. »Danke«, sagte Rosi erneut, und er drückte ihre Hand so fest, dass es ein bisschen wehtat.

»Und nun?«, fragte sie leise.

»Nun feiern wir Weihnachten«, sagte Edy mit fester Stimme. »Wenn Therese es erlaubt, nehmen wir uns für die nächsten Tage ein Zimmer und genießen die Zweisamkeit, genau so, wie du es dir gewünscht hast. Ivana bekommt auch ein Zimmer, und deine Eltern und Geschwister sollen über die Feiertage gucken, wie sie allein zurechtkommen. Einverstanden?«

Rosi nickte und schluckte gegen den Kloß in ihrem Hals an. Dann reichte sie über den Tisch hinweg Ivana die Hand und sagte: »Ich bin Rosi, herzlich willkommen in Maierhofen. Ich freue mich, dass du da bist.«

Die junge Polin erwiderte ihren Händedruck. Ihr Lächeln war offen und freundlich. Mit der werde ich mich gut verstehen, ging es Rosi durch den Kopf, und sie lächelte aus tiefstem Herzen zurück.

Therese grinste wie ein Honigkuchenpferd. Sie schaute in die Runde und sagte: »Dann können wir jetzt endlich Weihnachten feiern, oder?«

Für ein Weihnachten à la Maierhofen

Jessys Glühwein- und Punschrezepte

Ob Glühwein oder Punsch – der Handel hält von allem eine große Auswahl bereit. Flasche auf, Inhalt in den Topf, erhitzen und fertig! Wenn man nicht gerade einen guten Bio- oder Winzerglühwein kauft, gibt's den Brummschädel am nächsten Tag oft gleich inklusive …

Dabei können Sie Glühwein, Punsch und aromatisierte Tees im Handumdrehen selbst herstellen. Das Gute daran ist: Sie entscheiden über die Qualität der Zutaten! Und wissen so ganz genau, was in Ihrem Becher ist. Da trinkt man gern ein zweites Glas. Sie können übrigens jedes Rezept vervielfachen, je nachdem, wie viele Gäste Sie erwarten.

Glühwein nach Hausmacherart

Zutaten:

- 750 ml Rotwein (z. B. Dornfelder, Trollinger, Merlot)
- 4 Gewürznelken
- ½ Zimtstange

- 60 g Zucker
- Schale einer unbehandelten Bio-Zitrone

Die Zitrone waschen und schälen.

Rotwein mit Zucker, Zimtstangen, Gewürznelken und den Zitronenschalen in einem Topf erwärmen – nicht kochen lassen! – und 10 Minuten ziehen lassen.

Gewürze herausnehmen, eventuell noch mit etwas Zucker süßen und genießen.

Glühwein mit einem Schuss Rum

Zutaten:

- 1 l Rotwein
- 2 unbehandelte Bio-Orangen (für Orangenscheiben)
- 2 Bio-Orangen (zum Auspressen)
- 2 Stangen Zimt
- 1 Sternanis
- 50 ml Rum
- 50 g brauner Kandiszucker

Die unbehandelten Bio-Orangen in Scheiben schneiden.

Rotwein, Zimtstangen, Sternanis, frisch gepressten Orangensaft und Orangenscheiben in einen Topf geben und langsam erhitzen – nicht kochen lassen! Den Rum und den Kandiszucker hinzugeben und nochmals kurz erhitzen.

Gewürze und Orangenscheiben herausnehmen und Glühwein heiß servieren.

Glühwein »White Christmas«

Zutaten:

- 500 ml Weißwein (z.B. Silvaner, Riesling, Chardonnay)
- 300 ml klarer Apfelsaft
- ½ TL gemahlener Ingwer
- 1 unbehandelte Bio-Zitrone
- 75 g weißer Kandiszucker
- 50 ml Orangenlikör

Zitrone fein schälen.

Weißwein, Apfelsaft, Ingwer, Kandis und die Zitronenschalen in einen Topf geben und aufkochen.

Topf vom Herd nehmen, den Orangenlikör unterrühren und gleich heiß servieren.

Weißer Glühwein mit Zimt

Zutaten:

- 700 ml Weißwein (z.B. Silvaner, Riesling, Chardonnay)
- 300 ml weißer Traubensaft
- 4 TL Akazienhonig
- 2 Zimtstangen
- 1 unbehandelte Bio-Orange

Orange in Scheiben schneiden und halbieren.

Weißwein, Traubensaft, Honig, Zimtstangen und 4 Orangenhälften in einen Topf geben und erhitzen, aber nicht aufkochen lassen.

Bei geringer Hitze 10 Minuten ziehen lassen. Topf vom Herd nehmen und Gewürze herausnehmen. Heiß servieren.

❄

Wer es lieber mit etwas weniger Alkohol mag – oder ganz ohne –, serviert nach einem langen Winterspaziergang einen heißen Früchtepunsch.

Alkoholfreier Punsch

Zutaten:

- 1 l Früchtetee (2 EL Früchteteemischung auf 1 l kochendes Wasser)
- 1 l Apfelsaft
- 1 l Pfirsichnektar
- ¾ l Orangensaft
- 1 Stange Zimt
- 2 Gewürznelken
- Bei Bedarf bis 3 EL Zucker zum Süßen

Früchteteemischung in einen Teefilter füllen, mit 1 Liter kochendem Wasser übergießen und 8 bis 10 Minuten ziehen lassen.

Apfelsaft, Pfirsichnektar, Orangensaft, Zimt, Gewürznelken und Früchtetee in einen großen Topf geben und ca. 10 Minuten erwärmen – nicht kochen!

Bei Bedarf mit Zucker nachsüßen.

Holunderpunsch »Maierhofener Weihnachtsmarkt«

Zutaten:

- 2 Liter Früchtetee
- 1 Liter Holunderbeerensaft
- Saft einer Bio-Zitrone
- 100 ml Rum
- 8 Gewürznelken
- 3 Stangen Zimt
- 5 EL Honig
- Schale einer Bio-Orange, in Kringel abgeschält

Den Früchtetee zusammen mit den Säften, dem Rum und dem Honig in einen Topf geben und erwärmen. Die Gewürze zugeben und circa 10 Minuten ziehen lassen, nicht kochen! Danach die Gewürze entfernen und den Punsch heiß servieren.

Apfelpunsch

Zutaten:

- 2 l naturtrüber Apfelsaft
- 3 Zimtstangen
- 5 Nelken
- ½ unbehandelte Bio-Zitrone
- 2 unbehandelte Bio-Orangen

Das Gelbe der Schale von der halben Zitrone und das Orange einer halben Orange in einem Ring abschälen.

Wenn das Messer zwischendurch abgleitet, macht das natürlich nichts, nur sehen lange Kringel einfach hübscher aus.

Die ½ Zitrone und die Orangen auspressen. Apfelsaft, gepressten Zitronensaft, gepressten Orangensaft, Nelken, Zimtstangen, Orangen- und Zitronenschalen in einen Topf geben und langsam erhitzen – nicht kochen! Den Saft bei niedriger Hitze eine halbe Stunde ziehen lassen.

Rotwein-Punsch »Mon Amour«

Zutaten:

- ½ l Rotwein
- 1 Zimtstange
- 1 Vanilleschote
- 3 Gewürznelken
- 1/8 l schwarzer Johannisbeerlikör
- ½ l Orangensaft
- 1 unbehandelte Bio-Orange

Orangen waschen und Orangenschale in einer Spirale abschälen, dabei so wenig wie möglich vom weißen mitnehmen, denn das schmeckt bitter.

Rotwein mit der Zimtstange, Vanilleschote und Gewürznelken in einem Topf langsam erhitzen. Den Orangensaft und den Johannisbeerlikör hinzugeben und alles erhitzen. Gläser mit den Orangenschalen dekorieren und den Punsch heiß servieren.

Likör – ganz altmodisch oder ganz modern?

So sehr ich im Sommer meine selbst gekochten Fruchtsirups liebe, so sehr liebe ich es, mich im Winter an Likörrezepten zu versuchen.

Ein gutes Buch, ein Feuer im Kamin, ein Abend mit Brettspielen und dazu ein selbst angesetzter Likör – dann ist für mich ein Winterabend perfekt!

Und wer beim Stichwort Likör nur an den guten alten »Edelkirsch« denkt, für den habe ich hier ein paar neue, moderne Rezepte parat.

Zitronen-Ingwer-Likör

Zutaten:

- 200 g Zucker
- 80 g frischer Ingwer
- 2 unbehandelte Zitronen
- 200 ml Wasser
- 400 ml Wodka

Ruhezeit: 2 Wochen

Ingwer schälen und in sehr dünne Scheiben schneiden.

Die Zitronen gut waschen, mit Küchenpapier abtrocknen und die Schale so dünn abschälen, dass nichts Weißes von der Zitrone mit abgeschält wird.

Die Zitronen auspressen. Hiervon 100 ml Zitronensaft zusammen mit dem Wasser, Zucker, den Zitronenschalen und den Ingwerscheiben in einen Topf geben und aufkochen. Bei mittlerer Hitze 10 Minuten kochen und dann abkühlen lassen. Nun den Wodka zugießen, alles in eine saubere Flasche umfüllen und 2 Wochen ziehen lassen. Danach filtern und in eine frische Flasche umfüllen.

Kaffeelikör

Zutaten:

- 400 g brauner Zucker
- 400 ml Wasser
- 1 unbehandelte Bio-Orange
- 50 g frisch gemahlener Kaffee
- 500 ml Rum

Ruhezeit: 1 Woche

Die Orange waschen und fein schälen, sodass vom Weißen der Schale nichts mitkommt. Die wohlduftenden ätherischen Öle, auf die wir aus sind, sitzen im Orange!

Den Zucker und das Wasser in einen Topf geben und 15 Minuten kochen. Den Topf vom Herd nehmen und abkühlen lassen.

Den Rum, die Orangenschale und den Kaffee hinzugeben, in ein Gefäß umfüllen, gut verschließen und eine Woche ziehen lassen.

Danach filtern und in eine saubere Flasche umfüllen.

Apfel-Zimt-Likör

Zutaten:

- 1000 ml klarer Apfelsaft
- 400 g Zucker
- 2 Stangen Zimt
- 4 Gewürznelken
- 500 ml Doppelkorn

Ruhezeit: 3 Wochen

Apfelsaft, Zucker, Zimt und Gewürznelken in einen Topf geben, aufkochen und 10 Minuten leicht köcheln lassen. Den Topf vom Herd nehmen und 10 Minuten abkühlen lassen.

Den Doppelkorn hinzufügen und in ein Gefäß umfüllen, gut verschließen und 3 Wochen ziehen lassen.

Danach filtern und in saubere Flaschen umfüllen.

Pflaumenlikör

Zutaten:

- 800 g Pflaumen (Achtung, dieses Rezept funktioniert nur mit frischen Pflaumen, Sie sollten diesen Likör daher schon zur Erntezeit ansetzen.)
- 250 g brauner Kandis
- 1 Stange Zimt
- 700 ml Korn

Ruhezeit: 4 Wochen

Die Pflaumen gut waschen, halbieren und entkernen

Zucker, Zimtstange, Korn und die Pflaumen in ein Gefäß geben, gut verschließen und 4 Wochen ziehen lassen.

Danach filtern und in Flaschen füllen.

❄

Heiße Schokolade, selbstgemacht

Grundrezept

Zutaten für 4 Portionen:

- 500 ml Milch (Ich verwende bei allen Rezepten Mandelmilch, sie ist tierleidfrei und schmeckt mir besser als Kuhmilch)
- 100 g Vollmilchschokolade
- 125 g Sahne
- 1 Päckchen Vanillezucker
- Kakaopulver zum Bestreuen

Die Schokolade fein raspeln.

Die Sahne mit dem Vanillezucker steif schlagen.

Milch in einen Topf geben, erhitzen und die Schokolade darin schmelzen.

Die heiße Schokolade in vier Becher füllen und die Sahne gleichmäßig darauf erteilen. Mit Kakaopulver bestreuen und gleich heiß servieren.

Tipp: Variante mit Zimt

Bestreuen Sie die heiße Schokolade mit einer Prise Zimt.

Tipp: Variante mit Rum

Bevor die heiße Schokolade in die Gläser gefüllt wird, je 1 EL Rum in jedes Glas füllen.

Heiße weiße Schokolade mit Kaffeelikör

Zutaten für 4 Portionen:

- 250 g weiße Schokolade
- 750 ml Milch
- 125 ml Sahne
- 2 EL Kaffeelikör, selbst gemacht oder selbst gekauft
- Etwas Zimtpulver zum Bestreuen

Die Schokolade in kleine Stücke brechen oder zerhacken.

Die Sahne in eine Schüssel geben und cremig, fast fest rühren.

Die Milch in einen Topf geben, zum Kochen bringen und vom Herd nehmen. Die Schokolade zur heißen Milch geben und so lange rühren, bis sie zerschmolzen ist.

Kaffeelikör unterrühren und dann alles in vier Gläser füllen.

Die Sahne gleichmäßig auf der heißen Schokolade verteilen und mit etwas Zimtpulver bestreuen. Heiß servieren.

Frohe Weihnachten wünscht Jessy aus Maierhofen

Die Geheimrezepte von Bäckerin Magdalena aus Maierhofen

Kekse, Plätzchen und Co. – jede Familie hat ihren eigenen Fundus an Rezepten für Vanillekipferl, Husarenkrapfen und Kokosmakronen, und das ist auch gut so. Denn Weihnachten ist die Zeit, zu der Traditionen gepflegt werden.

Von mir erfahren Sie deshalb keine weiteren Plätzchenrezepte, sondern ein paar andere Rezepte aus meiner Weihnachtsbäckerei. Damit können Sie wie ich in der Bäckerei mühelos größere Mengen herstellen. Die Lebkuchen, das Schwäbische Hutzelbrot oder auch die Linzer Weihnachtstörtchen, in kleinen Formen gebacken, eignen sich auch gut als weihnachtliche Mitbringsel. Alle Rezepte können auf Vorrat gebacken werden.

Apfelbrot

Zutaten:

- 750 g Äpfel
- 200 g Zucker
- 100 g Haselnüsse
- 180 g Rosinen
- 500 g Mehl
- 1½ Päckchen Backpulver
- ½ Päckchen Lebkuchengewürz
- 1 EL Rum

Ruhezeit: 12 Stunden

Die Äpfel waschen, mit Schale grob raspeln und mit dem Zucker verrührt über Nacht stehen lassen.

Den Backofen auf 180 Grad vorheizen. Nüsse hacken. Die Apfelmasse mit den restlichen Zutaten zu einem Teig verkneten. Die Teigmasse in eine große, gefettete Backform füllen und das Apfelbrot im vorgeheizten Backofen ca. 60 bis 70 Minuten backen.

Variante:
Statt der ganzen Haselnüsse können auch grob gehackte verwendet oder durch Walnüsse ersetzt werden.

Einfache Lebkuchen

Zutaten für 16 bis 20 Stück:

- 50 g Halbfettmargarine
- 180 g Zucker
- 1 Päckchen Vanillezucker
- 1 Ei
- 100 g Honig
- 1 TL Zimt
- 1 TL gemahlene Nelken
- ½ TL gemahlener Anissamen
- 500 g Mehl
- 1 Päckchen Backpulver
- 3 EL Milch
- Für den Guss:
- 1 EL Wasser
- 200 g Puderzucker

Den Backofen auf 175 Grad vorheizen. Die Margarine schaumig rühren und Zucker, Vanillezucker, Ei, Honig und Gewürze dazugeben.

Das Mehl mit dem Backpulver mischen und zwei Drittel davon zusammen mit der Milch unter die Honigmasse rühren. Die Masse mit dem Rest des Mehls zu einem festen Teig verkneten; 60 Minuten kühlen.

Den Teig ½ Zentimeter dick ausrollen und Lebkuchen ausstechen.

Die Lebkuchen auf ein mit Backpapier ausgelegtes Blech legen und im vorgeheizten Backofen ca. 10 Minuten backen.

Für den Zuckerguss das Wasser mit dem Puderzucker glatt rühren und die abgekühlten Lebkuchen damit bestreichen.

Wer mag, verziert diese Lebkuchen mit blanchierten Mandeln, mit Zuckerschrift oder altmodischen Oblatenbildern.

Elisen-Lebkuchen

Zutaten:

- 4 Eier
- 400 g Zucker
- 2 Päckchen Vanillezucker
- 2 TL Lebkuchengewürz
- 2 EL Rum
- abgeriebene Schale einer ½ unbehandelten Zitrone
- 60 g Zitronat

- 60 g Orangeat
- 200 g gemahlene Mandeln
- 100 g bis 150 g gemahlene Haselnüsse
- 1 gestrichener TL Backpulver
- Oblaten
- Heller Guss:
- 150 g Puderzucker
- 1 EL heißes Wasser

Backofen auf 150 Grad vorheizen.

Eier mit Zucker, Vanillinzucker in eine Schüssel geben und sehr schaumig rühren. Lebkuchengewürz, Rum, abgeriebene Zitronenschale, Mandeln, Backpulver, Zitronat, Orangeat und so viele gemahlene Haselnüsse zugeben, dass der Teig fest und streichfähig ist. Die Masse muss so fest sein, dass sie mit einem Teelöffel kuppelförmig auf die Oblaten gestrichen werden kann. Oblaten auf ein mit Backpapier ausgelegtes Backblech legen und bei 150 Grad 30 Minuten backen. Achtung – die Lebkuchen dürfen nicht zu dunkel werden und sollen in der Mitte noch etwas weich sein.

Die fertigen Lebkuchen mit hellem Zuckerguss oder Schokoladenkuvertüre bestreichen.

Für den Zuckerguss Puderzucker in eine Schüssel sieben und mit heißem Wasser glatt rühren, bis ein dickflüssiger Guss entsteht.

Nussprinten

Zutaten für 30 Stück:

- 170 g Honig
- 3 EL Milch
- 250 g Weizenvollkornmehl
- 2 TL Backpulver
- 1 TL Anis
- 1 TL Zimt
- 1 Messerspitze Nelken
- 1 Eiweiß
- 50 g halbierte Haselnüsse zum Verzieren

Ruhezeit: 12 Stunden

Den Honig mit der Milch erwärmen, bis er flüssig ist.

Mehl mit Backpulver und den Gewürzen mischen und unter die abgekühlte Honigmasse rühren. Den Teig über Nacht kühl stellen.

Am nächsten Tag den Backofen auf 180 Grad vorheizen. Den Teig ½ Zentimeter dick auf einem mit Backpapier ausgelegten Backblech ausrollen.

Die Teigplatte mit Eiweiß bestreichen und die Nusshälften im Abstand von 2 auf 4 Zentimeter in den Teig drücken.

Die Teigplatte im vorgeheizten Backofen ca. 15 Minuten backen. Nach dem Abkühlen mit einem scharfen Messer in längliche Stücke mit je einer Nusshälfte schneiden.

Variante:
Wer mag, kann etwa 20 Gramm von dem Honig gegen 50 Gramm Butter oder Margarine tauschen.

Ländlicher Sirupkuchen

Zutaten für 12 Stück:

- 200 g Zuckerrübensirup
- 50 g Zucker
- 50 g fettreduzierte Butter oder Margarine
- 500 g Mehl
- 1 Päckchen Backpulver
- 1 Prise Salz
- 2 TL Lebkuchengewürz
- 1/8 l Milch

Den Backofen auf 180 Grad vorheizen. Sirup mit Zucker und Fett schmelzen und die Masse abkühlen lassen.

Mehl, Backpulver, Salz und Gewürz mischen. Zusammen mit der Milch nach und nach unter den Sirup arbeiten, zu einem festen Teig verkneten.

Den Teig in eine gefettete große Kastenform geben und im vorgeheizten Backofen 55 Minuten backen. Gegen Ende der Backzeit mit einem Holzstäbchen prüfen, ob der Kuchen fertig ist.

Schwäbisches Hutzelbrot

Zutaten für 6 Brotlaibe à 600 Gramm:

- 500 g Hutzeln (getrocknete Birnenschnitze)
- 500 g getrocknete Pflaumen
- 1,4 kg Mehl
- 60 g frische Hefe
- 250 g brauner Zucker
- 500 g Feigen
- 125 g Orangeat
- 125 g Zitronat
- 200 g Weizenkeime
- 100 g ganze Haselnüsse
- 100 g Walnusshälften
- 250 g Korinthen
- 250 g Sultaninen
- 50 g Zimt
- 1 EL Anis
- 1 TL Salz

Ruhezeit: 12 Stunden

Die Birnen und Pflaumen über Nacht in so viel Wasser einweichen, dass sie davon bedeckt werden. Am nächsten Tag in ein Sieb gießen und das Einweichwasser auffangen. Die Früchte grob würfeln.

Einen Teil des Einweichwassers erwärmen und aus der Hefe, etwas Mehl und dem Zucker einen Vorteig anrühren.

15 Minuten gehen lassen. Restliches Einweichwasser nicht wegschütten!

Nach und nach das restliche Mehl und die anderen Zutaten darunterarbeiten. Den Teig mindestens 10 Minuten lang schlagen, bis er Blasen wirft. Den Teig ein wenig mit Mehl bestäuben und an einem warmen Ort gehen lassen, bis er Risse bekommt.

Von dem Teig Stücke mit 600 Gramm Gewicht abwiegen und daraus Laibe formen. Diese über Nacht stehen lassen.

Am nächsten Morgen den Backofen auf 200 Grad vorheizen und die Brotlaibe 40 bis 50 Minuten backen.

Die noch warmen Hutzelbrote mit dem restlichen Einweichwasser bestreichen.

Tipp:
Es ist nicht empfehlenswert, weniger Brote zu backen und dafür die Menge der Zutaten zu teilen – die Brote bekommen einfach nicht dieselbe Konsistenz. Wem sechs Hutzelbrote für den eigenen Haushalt zu viel sind, kann sich vielleicht mit einer zweiten Bäckerin zusammentun.

Hutzelbrot herzustellen ist relativ zeitaufwendig, doch die Mühe lohnt sich: Die Hutzelbrote sind fettarm, gesund, äußerst aromatisch und kühl gelagert lange haltbar.

Honiglebkuchen vom Blech

Zutaten für 2 Bleche à 24 Stück:

- 1,25 kg Mehl
- 15 g Hirschhornsalz
- 100 g Haselnüsse

- 150 g Weizenkeime
- 370 g Zucker
- 1 TL Zimt
- ½ TL gemahlene Nelken
- 1 TL Kakaopulver
- 50 g Zitronat
- 50 g Orangeat
- 4 Eier
- 500 g Honig
- Für den Guss:
- 200 g Puderzucker
- 2 EL Rum oder Wasser
- Einige kandierte Früchte und Mandeln zum Verzieren

Den Backofen auf 200 Grad vorheizen. Mehl, Hirschhornsalz, gemahlene Haselnüsse, Weizenkeime und Zucker mischen. Die Gewürze und Früchte hinzugeben und mit Eiern und Honig zu einem gleichmäßigen, zähen Teig verkneten. Sollte der Teig nicht geschmeidig genug sein, etwas Wasser hinzufügen und durchkneten.

Teig auf 2 gefettete Backbleche streichen und im vorgeheizten Backofen 30 Minuten backen.

Die Teigplatten noch warm in gleich große Vierecke schneiden. Puderzucker und Flüssigkeit zusammenrühren und die noch warmen Lebkuchen mit dem Zuckerguss besteichen. Nach Wahl die Lebkuchen noch mit kandierten Früchten und blanchierten Mandeln verzieren.

Linzer Weihnachtstorte

Zutaten:

- 200 g Mehl
- 1 TL Backpulver
- 125 g Zucker
- 1 Päckchen Vanillezucker
- ½ TL Zimt
- 1 Ei
- 125 g Margarine
- 125 g Mandeln gemischt mit Haselnüssen
- ½ Glas Himbeer- oder Erdbeermarmelade
- Ein Eigelb
- Puderzucker zum Bestreuen

Zubereitungszeit: 30 Minuten

Den Backofen auf 170 Grad vorheizen. Das Mehl mit dem Backpulver in eine Schüssel sieben. Zucker mit Vanillinzucker mischen und mit der Margarine, den Mandeln, Lebkuchengewürz und Ei zum Mehl dazugeben und alles zusammen rasch zu einem Mürbteig kneten.

Für einige Zeit kühl stellen.

2/3 des Teiges ausrollen – damit nichts am Nudelholz kleben bleibt, eine Klarsichtfolie über den Teig legen.

Den Teig dann in eine gefettete Springform geben und mit Marmelade gut bestreichen.

Den restlichen Teig ausrollen, mit einer Sternform verschieden große Sterne ausstechen und diese statt dem üblichen Gitter über die Marmelade legen.

Mit Eigelb bestreichen und bei Mittelhitze ca. 45 bis 50 Minuten backen.

Nach dem Backen mit Puderzucker bestreuen.

Durch den Zimt passt die Linzer Weihnachtstorte sehr gut in die Vorweihnachtszeit. Im Gegensatz zu vielen anderen Kuchen, die möglichst gleich gegessen werden sollten, schmeckt Linzer Torte am zweiten Tag noch besser, weil die Gewürze dann durchgezogen sind. Idealerweise backt man sie also vor dem 24. und isst sie über die Feiertage auf.

Frohe Weihnachten wünscht Ihre Magdalena aus Maierhofen

Sams Ratschläge für ein entspanntes Weihnachtsessen

Wer von mir als Profikoch Rezepte für ein sechsgängiges Menü erwartet, wird enttäuscht. Denn ich persönlich finde es am wichtigsten, dass Weihnachten auch in der Küche entspannt abläuft. Zu hohe Ansprüche ans Menü, mehr Esser am Tisch als sonst, eine gewisse Erwartungshaltung bei den Gästen – das Weihnachtsessen birgt viele Stressfaktoren! Stress und Genuss gehen in meinen Augen jedoch nicht zusammen. Entspanntes Genießen – eigentlich ist es doch das, was wir alle wollen.

Deshalb lautet mein wichtigster Tipp: Schalten Sie einen Gang herunter! Machen Sie es sich einfach! Tricksen Sie ruhig ein wenig. Wenn Sie es geschickt anstellen, wird es keiner Ihrer Gäste merken.

- Bereiten Sie etwas zu, von dem Sie mehrere Tage etwas haben: einen großen Hackbraten zum Beispiel, der am Folgetag noch als kalter Aufschnitt dienen kann. Einen deftigen Kuchen oder auch zwei – die Rezepte dafür liefere ich Ihnen gleich nach. Einen Blechkuchen, von dem man etwas naschen kann, wenn zwischendurch der kleine Hunger kommt.
- Wählen Sie eine Zubereitungsart, bei der Sie alles im Voraus erledigen können. Aktivieren Sie mal wieder den guten alten Römertopf. Oder bereiten Sie einen Auflauf zu, den Sie dann einfach in den Ofen schieben. Ich selbst liebe auch Eintöpfe aller Art und dazu selbst gebackenes Brot mit verschiedenen Aufstrichen.

- Backen Sie heiße Waffeln, süß oder deftig, direkt am festlich gedeckten Tisch! Dazu servieren Sie alle möglichen Extras wie Sahne, Kirschkompott oder Apfelmus, sodass sich jeder seine Waffel selbst belegen kann.
- Sehr gesellig – und passend zum Trend »Ländliche Weihnachten« ist auch eine irdene Schüssel voller Pellkartoffeln, zu denen Sie viele kleine Schälchen mit Beilagen stellen: Schnittlauchquark, Essiggurken, Chutneys, Pestos, Kräutersalze… Beim gemeinsamen Kartoffelschälen kommt man oftmals schneller ins Gespräch als bei einem steifen Dreigängemenü.
- Wie wäre es mit einer riesigen Platte belegter Brote? Auch diese können Sie im Voraus zubereiten, und nach der Bescherung wird kräftig zugelangt. Seien Sie fantasievoll und verschwenderisch beim Belegen, schließlich ist Weihnachten: Wildpaté mit Preiselbeeren. Ziegenkäse, Honig, gehackte Nüsse und frische Kräuter, Lachs mit Meerrettichfrischkäse, dazu frischer Schnittlauch. Lassen Sie Ihrer Fantasie freien Lauf!
- Hände weg von heiklen Desserts *en minute* wie einem Soufflé. Bereiten Sie besser eine Schale Obstsalat zu, dazu eine Vanille- oder Schokoladencreme, und platzieren Sie alles mit dem Plätzchenteller auf der Tafel. So kann sich jeder seinen persönlichen Dessertteller zusammenstellen. Das macht Spaß, ist gesellig und für die Köchin ohne Stress zu bewältigen.

Hier folgen ein paar Rezepte, die einfach nachzukochen sind und auch für ein paar Gäste mehr ausreichen.

Deftiger Kuchen mit Schinken, Käse, Champignons und Nüssen

Zutaten:

- 150 g Mehl
- 1 Päckchen Backpulver
- 3 Eier
- 100 ml Sonnenblumenöl
- 125 ml warme Milch
- 1 gute Prise Pfeffer
- 100 g geriebener Greyerzer oder gut gereifter Bergkäse
- 100 g Champignons
- 1 Prise Salz
- 100 g roher Schinken (Vegetarier lassen den Schinken einfach weg)
- 100 g gehackte Walnüsse

Zubereitungszeit: 35 Minuten

Den Backofen auf 180 Grad vorheizen (Umluft 160 Grad).

Champignons gut waschen, mit einem Küchenpapier leicht abtupfen und in feine Scheiben schneiden. Etwas Öl in eine Pfanne geben, die Champignons anbraten, bis das Pilzwasser verkocht ist und salzen.

Schinken in dünne Scheiben schneiden und mit den Walnüssen zu den Champignons dazugeben.

Mehl und Backpulver in eine Schüssel geben und gut vermischen. Eier dazugeben und kräftig mit dem Schneebesen verrühren. Nach und nach das Öl, die warme Milch, Pfeffer, Salz und den geriebenen Käse unterrühren.

Pilz-Schinken-Walnuss-Gemisch vorsichtig unter den Teig rühren.

Den Teig in eine mit Backpapier ausgelegte Kastenform geben und 45 Minuten backen.

Speck-Walnuss-Kuchen

Zutaten:

- 50 g Speck
- 50 g Walnüsse
- 1 Zwiebel, fein gehackt
- 1 TL Sonnenblumenöl
- 2 Msp. Pfeffer
- 1 Msp. Salz
- 150 g Mehl
- 1 Päckchen Backpulver
- 3 Eier
- 100 ml Sonnenblumenöl
- 125 ml warme Milch
- 100 g geriebener Bergkäse

Zubereitungszeit: 40 Minuten

Den Backofen auf 180 Grad vorheizen. Bei Umluft reichen 160 Grad.

Den Speck in dünne Scheiben schneiden.

Die Walnüsse in einen Gefrierbeutel geben und mit dem Nudelholz etwas zerkleinern.

In eine Pfanne 1 TL Sonnenblumenöl geben und den

Speck zusammen mit der Zwiebel bei starker Hitze 2 Minuten anbraten. Die zerkleinerten Walnüsse, Pfeffer und Salz dazugeben, gut vermischen und bei geringer Hitze noch 5 Minuten braten.

Mehl und Backpulver in eine Schüssel füllen und gut vermischen. Eier dazugeben und kräftig mit dem Schneebesen verrühren. Nach und nach das Sonnenblumenöl, die warme Milch und das Gemisch aus der Pfanne unterrühren.

Den Teig in eine mit Backpapier ausgelegte Kastenform geben und 45 Minuten backen.

Waffeln Hausmacherart

Zutaten:

- 250 g Butter
- 200 g Zucker
- 1 Vanillinzucker
- 2 Eier
- Geriebene Schale einer unbehandelten Zitrone
- 450 ml Wasser (keine Milch!)
- 500 g Mehl
- 1 Päckchen Vanillezucker
- etwas Puderzucker oder Zimtzucker zum Bestreuen

Zubereitungszeit: 10 Minuten
Arbeitszeit: 15 Minuten

Butter, Zucker, Vanillezucker und die Eier zu einer cremigen Masse verrühren. Nach und nach das mit Backpulver vermischte Mehl, die Zitronenschale und das Wasser hinzufügen, bis die Zutaten gut verarbeitet sind.

Der Teig muss etwas dickflüssig sein.

Teig portionsweise in ein gefettetes Waffeleisen geben und bis zur gewünschten Bräune backen.

Mit Puderzucker oder mit Zimtzucker bestreuen. Apfelmus, Kirschkompott oder Rotweinbirnen schmecken ebenfalls gut dazu.

Bratäpfel, klassisch

Zutaten:

- 4 Äpfel (Ich empfehle eine säuerliche Sorte wie Boskop)
- 100 g Zucker
- ½ Teelöffel Zimt
- 4 EL Zitronensaft

Zubereitungszeit: 10 Minuten

Backofen auf 200 Grad vorheizen (Umluft 180 Grad).

Die Äpfel waschen und das Kerngehäuse ausstechen. Die Apfelschnittflächen mit Zitronensaft beträufeln. Zimt und Zucker mischen und in das Kerngehäuse füllen. Die Äpfel in eine Auflaufform geben und 25 Minuten goldbraun backen.

Statt nur mit Zimt und Zucker können Sie die Äpfel auf viele verschiedene Arten füllen. Seien Sie erfinderisch und mischen Sie gehackte Nüsse, Mandeln, Walnüsse, Rumrosinen, Marzipanrohmasse und Keksbrösel (gut geeignet sind Cantuccini). Die Backzeit im Ofen bleibt dieselbe.

Frohe Weihnachten wünscht Sam, Koch aus Maierhofen

Edys Ideen für ein tierleidfreies Weihnachten

Weihnachten ist das Fest der Liebe. Leider gilt diese Devise nicht für die Abermillionen Schlachttiere, die für unseren Festtagsschmaus ihr Leben lassen müssen. Ein Leben für eine halbe Stunde Gaumenschmaus – ist es das wirklich wert?

Es ist ziemlich einfach, ohne Tierleid zu schlemmen! Sie müssen dabei nicht einmal auf Ihre heißgeliebten Klassiker verzichten. Geschmorter Braten, Rotkraut und Knödel – all das geht auch ohne Fleisch. Suchen Sie im Internet nach Rezepten für einen Linsen- oder Seitanbraten. Oder kaufen Sie entsprechende Fertigprodukte.

Wie wäre es mit einem Kartoffelstrudel und dazu einem Salat mit knusprig angebratenen Pilzen?

Auch gibt es Gerichte, bei denen kein Mensch Fleisch je vermissen wird: Denken Sie an Pasta mit frisch gehobeltem Trüffel. Sehr edel sind auch Ravioli mit Walnuss-Steinpilzfüllung in Salbeibutter geschwenkt, dazu Blattspinat mit Cherrytomaten. Wer es rustikaler mag, könnte Baked Potatoes im Backofen zubereiten und dazu eine Reihe verschiedener veganer Toppings anbieten. So kann sich jeder am Tisch seine Lieblingskartoffel zubereiten.

Zu Weihnachten passen ebenso gut feine Blätterteigpasteten, gefüllt mit einem Champignonragout und feine Suppen als Vorspeise. Schnell gemacht ist eine Pilzcremesuppe, bestreut mit gerösteten Walnüssen.

Auch beim Dessert können Sie völlig ohne tierische Produkte auskommen. Die beste Schoko-Mousse, die ich je gegessen habe, war vegan! Inzwischen bietet fast jeder

Supermarkt auch veganes Lupineneis an. Dazu heiße Himbeeren, und alles schmeckt wie sonst …

Können Sie sich vorstellen, dass man sogar das Rührei fürs Weihnachtsfrühstück vegan herstellen kann? Dazu brauchen Sie nur ein wenig Seidentofu, Schnittlauch, etwas Kurkuma und Kala Namak, ein schwarzes Salz, das den typischen Eiergeschmack liefert.

Mein Tipp: Stöbern Sie im Internet! Es gibt viele vegane Blogs mit Abertausenden verführerischen Rezepten, sodass Sie nicht wissen werden, was Sie als Erstes ausprobieren wollen.

Von mir erhalten Sie ein Dessertrezept:

Vegane Piña-Colada-Crème

Zutaten für 6 Personen:

- 1 reife, süße Ananas
- 1 Dose Kokoscreme (ca. 100 g)
- 300 g Sojasahne, aufschlagbar
- 2 EL Rum
- 2 EL brauner Rohrzucker

Die Ananas schälen, in Stücke schneiden und pürieren.

Die Kokoscreme, den Rum und den Zucker dazugeben und alles nochmals pürieren.

Die Sojasahne in einem separaten Gefäß aufschlagen und dann vorsichtig unter das Ananaspüree heben.

Die Masse in Gläser füllen und bis zum Servieren im Kühlschrank kaltstellen.

Wer mag, dekoriert die Dessertschälchen mit einer halben Scheibe Ananas.

Frohe Weihnachten wünscht Ihr Edy aus Maierhofen

Christines Weihnachtstipps

Weihnachtliches Dekorieren macht Spaß! Es vertreibt die trüben Gedanken, die sich ab November zusammen mit den trüben Tagen schon mal einstellen. Deshalb darf man ruhig aus dem Vollen schöpfen. Jedes Jahr werden in den Deko-Abteilungen von Kaufhäusern, Baumärkten und Floristikläden ab Oktober neue Trends angeboten. Doch viel schöner ist es, alles, was sich an schönen Dingen im Keller und auf dem Speicher findet, neu in Szene zu setzen.

- Hauchen Sie alten Kupferformen neues Leben ein! Befüllen Sie Ihre alte Gugelhupfform mit Tannengrün, Kerzen und Kugeln. Zweckentfremden Sie Ihre kupferne Fischbackform als Plätzchenteller.
- Vielleicht findet sich noch ein alter Zinkeimer oder eine kleine Zinkwanne auf dem Speicher? Vor der Haustür oder auf der Terrasse, gefüllt mit winterlichen Zweigen und Tannengrün, macht sich solch ein Relikt vergangener Zeiten immer gut.
- Ob vom eigenen Speicher oder vom Flohmarkt: Alte Teekannen oder Suppenterrinen sind tolle Deko-Basics, die Sie auf unterschiedliche Art in Szene setzen können. Ein paar Tannenzweige, ein Engel, ein paar Kugeln – fertig ist ein Arrangement, das Nostalgie pur verströmt.
- In Weckgläsern werden neuerdings nicht nur Suppen serviert oder kleine Kuchen gebacken. Auch in der Weihnachtsdekoration kommen die formschönen Glä-

ser zum Einsatz: befüllt mit kleinen Kugeln, Tannenzapfen oder auch nur einem Teelicht. Dekoriert mit einer Schleife. In einer Reihe aufgestellt oder als Einzelstück präsentiert. Ihrer Fantasie sind keine Grenzen gesetzt.

- Aus verschieden großen Tellern und Gläsern können Sie im Handumdrehen eine zwei- oder dreistöckige Etagère zaubern. Stellen Sie auf den größten Teller mittig ein Glas. Darauf wird der zweitgrößte Teller platziert, in dessen Mitte das nächste Glas. Obendrauf kommt der kleinste Teller. Damit das Gebilde nicht einstürzt, ist es ratsam, die Gläser und Teller mit etwas weich geknetetem Bienenwachs zu fixieren.
- Haben Sie noch Zierkürbisse aus dem Herbst? Statt diese wegzuwerfen, können Sie sie mit Goldfarbe aus der Spraydose vergolden und in Ihre Weihnachtsdeko integrieren.
- Die wertvolle, antike Christbaumspitze wird in einer Glasschale, kombiniert mit Glaskugeln und etwas Tannengrün, zu einem eleganten Tischschmuck.
- Vielleicht darf dann statt der Christbaumspitze das Christkindl mit Rauschehaar oben auf dem Baum thronen? Neue Plätze für alte Stücke lautet meine Devise!
- Christbaumkugeln sehen übrigens nicht nur am Tannenbaum gut aus, sondern auch in hohen Gläsern und Windlichtern. Wenn Sie dann noch eine Lichterkette zwischen den Kugeln drapieren, haben Sie einen modernen Style, ohne etwas dazukaufen zu müssen.

- In Ihrem Schrank haben sich Kerzenstummel aller Art angesammelt? Gießen Sie neue Kerzen daraus! Anleitungen finden Sie im Internet, Ihrer Fantasie sind dabei keine Grenzen gesetzt. Ob im Lagenlook, in Marmoriertechnik oder eingebracht in eine ausgefallene Gießform – jede Kerze ist dann einzigartig.
- Ich liebe im Winter wohlduftende Potpourris und trockne dafür immer schon im Sommer ganz viele Blüten. Dafür hatten Sie keine Zeit? Dann kaufen Sie eine wohlduftende Teemischung im Teeladen und vermischen diese mit einer Handvoll Tannennadeln. Wenn sie dieses intensiv duftende Potpourri in einer schönen Schale aufstellen, ist das Weihnachten für alle Sinne.
- Dass man Orangen mit Nelken spicken kann und damit einen natürlichen Duftspender erhält, ist bekannt. Ich belege Orangen auch gern mit etwas (unechtem) Blattgold. Die vergoldeten Orangen – mit Zweigen oder großen Blättern in einer Schale dekoriert – sehen edel aus. Eine schnelle Deko, die später auch noch gegessen werden kann.
- Keine Lust und Zeit, einen aufwendigen Adventskalender zu basteln? Verzieren Sie gekaufte Dominosteine mit den Zahlen 1 bis 24 – fertig!

Frohe Weihnachten wünscht Ihre Christine
aus Maierhofen

Ob Sommer oder Winter: Maierhofen verzaubert zu jeder Jahreszeit.

320 Seiten. ISBN 978-3-7341-0637-8

Im Genießerdorf blühte im letzten Sommer nicht nur das Geschäft, sondern auch die Liebe. Magdalena und Christine sind glücklich, doch der Alltag holt sie schnell ein. Der Gastwirt Apostoles bringt Feuer in Magdalenas Leben, aber sie ist von den neuen chaotischen griechischen Verhältnissen überfordert. Auch Christine kann sich nur schwer auf Reinhards Fürsorge einlassen und ihre alten Muster aufgeben. Als sich dann eine Autorin von Liebesromanen in ihre Pension einmietet, knistert regelrecht die Luft in Maierhofen. Sich zu verlieben ist einfach – aber wird es den Maierhofen-Frauen gelingen, ihre Gefühle in den Spätsommer hinüberzuretten?

Lesen Sie mehr unter: **www.blanvalet.de**